余光中散文精选

阅读，与最好的自己相遇

余光中
Yu Guang Zhong
著

为青少年读者
量身打造的经典读本

长江出版传媒 | 崇文书局

图书在版编目（CIP）数据

余光中散文精选：青少版 / 余光中著．
—武汉：崇文书局，2019.5（2023.3重印）
ISBN 978-7-5403-5117-5

Ⅰ．①余…
Ⅱ．①余…
Ⅲ．①散文集－中国－当代
Ⅳ．① I267

中国版本图书馆CIP数据核字（2018）第238341号

余光中散文精选：青少版

责任编辑	高 娟　李利霞
出版发行	长江出版传媒　崇文书局
地　　址	武汉市雄楚大街268号C座11层
电　　话	（027）87293001　邮政编码　430070
印　　刷	中印南方印刷有限公司
开　　本	640mm×900mm　1/16
印　　张	14.125
字　　数	131千字
版　　次	2019年5月第1版
印　　次	2023年3月第3次印刷
定　　价	29.80元

（如发现印装质量问题，影响阅读，请与承印厂调换）

　　本作品之出版权（含电子版权）、发行权、改编权、翻译权等著作权以及本作品装帧设计的著作权均受我国著作权法及有关国际版权公约保护。任何非经我社许可的仿制、改编、转载、印刷、销售、传播之行为，我社将追究其法律责任。

/余光中散文精选/

目 录

听听那冷雨
听听那冷雨	2
记忆像铁轨一样长	10
自豪与自幸	21
沙田山居	29
高速的联想	33

凭一张地图
石城之行	42
凭一张地图	50
西欧的夏天	54
南半球的冬天	57
四月,在古战场	65
南太基	72

我的四个假想敌	我的四个假想敌	86
	萤火山庄	94
	山盟	103
	失帽记	115
	花鸟	121

开卷如开芝麻门	猛虎和蔷薇	130
	没有人是一个岛	134
	开卷如开芝麻门	141
	凡·高的向日葵	150
	粉丝与知音	157

蒲公英的岁月

蒲公英的岁月	166
黄河一掬	175
长未必大，短未必浅	180
春到齐鲁	185
西湖怀古	189

娓娓与喋喋

朋友四型	196
娓娓与喋喋	199
茱萸之谜	203
催魂铃	207
开你的大头会	214

/余光中散文精选/

听听那冷雨

雨不但可嗅，可观，更可以听。听听那冷雨。听雨，只要不是石破天惊的台风暴雨，在听觉上总是一种美感。大陆上的秋天，无论是疏雨滴梧桐，或是骤雨打荷叶，听去总有一点凄凉，凄清，凄楚，于今在岛上回味，则在凄楚之外，更笼上一层凄迷了。

听听那冷雨

惊蛰一过,春寒加剧。先是料料峭峭,继而雨季开始,时而淋淋漓漓,时而淅淅沥沥,天潮潮地湿湿,即连在梦里,也似乎把伞撑着。而就凭一把伞,躲过一阵潇潇的冷雨,也躲不过整个雨季。连思想也都是潮润润的。每天回家,曲折穿过金门街到厦门街迷宫式的长巷短巷,雨里风里,走入霏霏令人更想入非非。想这样子的台北凄凄切切完全是黑白片的味道,想整个中国整部中国的历史无非是一张黑白片子,片头到片尾,一直是这样下着雨的。这种感觉,不知道是不是从安东尼奥尼那里来的。不过那一块土地是久违了,二十五年,四分之一的世纪,即使有雨,也隔着千山万山,千伞万伞。二十五年,一切都断了,只有气候,只有气象报告还牵连在一起。大寒流从那块土地上弥天卷来,这种酷冷吾与古大陆分担。不能扑进她怀里,被她的裙边扫一扫吧,也算是安慰孺慕之情。

这样想时,严寒里竟有一点温暖的感觉了。这样想时,他希望这些狭长的巷子永远延伸下去,他的思路也可以延伸下去,不是金门街到厦门街，而是金门到厦门。他是厦门人，至少是广义的厦门人，二十年来，不住在厦门，住在厦门街，算是嘲弄吧，也算是安慰。不过说到广义，他同样也是广义的江南人，常州人，南京人，川娃儿，五陵少年。杏花春雨江南，那是他的少年时代了。再过半个月就是清明。安东尼奥尼的镜头摇过去，摇过去又摇过来。残山剩水犹如是。皇天后土犹如是。纭纭黔首纷纷黎民从北到南犹如是。那里面是中国吗？那里面当然还是中国永远是中国。只是杏花春雨已不再，牧童遥指已不再，剑门细雨渭城轻尘也都已不再。然则他日思夜梦的那片土地，究竟在哪里呢？

在报纸的头条标题里吗？还是香港的谣言里？还是傅聪的黑键白键马思聪的跳弓拨弦？还是安东尼奥尼的镜底勒马洲的望中？还是呢，故宫博物院的壁头和玻璃橱内，京戏的锣鼓声中太白和东坡的韵里？

杏花。春雨。江南。六个方块字，或许那片土就在那里面。而无论赤县也好神州也好中国也好，变来变去，只要仓颉的灵感不灭美丽的中文不老，那形象，那磁石一般的向心力当必然长在。因为一个方块字是一个天地。太初有字，于是汉族的心灵他祖先的回忆和希望便有了寄托。譬如凭空写一个"雨"字，点点滴滴，滂滂沱沱，淅沥淅沥淅沥，一切云情雨意，就宛然其中了。视觉上的这种美感，岂是什么rain也好pluie也好所能满足？翻开一部《辞源》或《辞海》，金木水火土，各成世界，而一入"雨"部，古神州的天颜千变万化，便悉在望中，美丽的霜雪云霞，骇人的雷电霹雳，展露的无非是神的好脾气与坏脾气，气象台百读不厌门外汉百思不解的百科全书。

听听，那冷雨。看看，那冷雨。嗅嗅闻闻，那冷雨。舔舔吧，那冷雨。雨在他的伞上这城市百万人的伞上雨衣上屋上天线上，雨下在基隆港在防波堤在海峡的船上，清明这季雨。雨是女性，应该最富于感性。雨气空濛而迷幻，细细嗅嗅，清清爽爽新新，有一点点薄荷的香味，浓的时候，竟发出草和树沐发后特有的淡淡土腥气，也许那竟是蚯蚓和蜗牛的腥气吧，毕竟是惊蛰了啊。也许地上的地下的生命也许古中国层层叠叠的记忆皆蠢蠢而蠕，也许是植物的潜意识和梦吧，那腥气。

第三次去美国，在高高的丹佛他山居了两年。美国的西部，多山多沙漠，千里干旱，天，蓝似盎格鲁-撒克逊人的眼睛，地，红如印第安人的肌肤，云，却是罕见的白鸟。落基山簇簇耀目的雪峰上，很少飘云牵雾。一来高，二来干，三来森林线以上，杉柏也止步，中国诗词里"荡胸生层云"，或是"商略黄昏雨"的意趣，是落基山上难睹的景象。落基山岭之胜，在石，在雪。那些奇岩怪石，相叠互倚，砌一场惊心动魄的雕塑展览，给太阳和千里的风看。那雪，白得虚虚幻幻，冷得清清醒醒，那股皑皑不绝一仰难尽的气势，压得人呼吸困难，心寒眸酸。不过要领略"白云回望合，青霭入看无"的境界，仍须回来中国。台湾湿度很高，最饶云气氤氲雨意迷离的情调。两度夜宿溪头，树香沁鼻，宵寒袭肘，枕着润碧湿翠苍苍交叠的山影和万籁都歇的岑寂，仙人一样睡去。山中一夜饱雨，次晨醒来，在旭日未升的原始幽静中，冲着隔夜的寒气，踏着满地的断柯折枝和仍在流泻的细股雨水，一径探入森林的秘密，曲曲弯弯，步上山去。溪头的山，树密雾浓，蓊郁的水汽从谷底冉冉升起，时稠时稀，蒸腾多姿，幻化无定，只能从雾破云开的空处，窥见乍现即隐的一峰半壑，要纵览全貌，几乎是不可能的。至少入山两次，只能在白茫茫里和溪头诸峰玩捉迷藏的游戏。回到台北，世人问起，除了笑而不答心自闲，故作神秘之外，实际的印象，也无非山在虚无之间罢了。云缭烟绕，山隐水迢的中国风景，由来予人宋画的韵味。那天下也许是赵家的天下，那山水却是米家的山水。而究竟，是米氏父子下笔像中国的山水，还是中国的山水上纸像宋画，恐怕是谁也说不清楚了吧？

雨不但可嗅，可观，更可以听。听听那冷雨。听雨，只要不是石破天惊的台风暴雨，在听觉上总是一种美感。大陆上的秋天，无论是疏雨滴梧桐，或是骤雨打荷叶，听去总有一点凄凉，凄清，凄楚，于今在岛上回味，则在凄楚之外，更笼上一层凄迷了。饶你多少豪情侠气，怕也禁不起三番五次的风吹雨打。一打少年听雨，红烛昏沉。两打中年听雨，客舟中，江阔云低。三打白头听雨在僧庐下，这便是亡宋之痛，一颗敏感心灵的一生：楼上，江上，庙里，用冷冷的雨珠子串成。十年前，他曾在一场摧心折骨的鬼雨中迷失了自己。雨，该是一滴湿漓漓的灵魂，窗外在喊谁。

雨打在树上和瓦上，韵律都清脆可听。尤其是铿铿敲在屋瓦上，那古老的音乐，属于中国。王禹偁在黄冈，破如椽的大竹为屋瓦。据说住在竹楼上面，急雨声如瀑布，密雪声比碎玉，而无论鼓琴，咏诗，下棋，投壶，共鸣的效果都特别好。这样岂不像住在竹筒里面，任何细脆的声响，怕都会加倍夸大，反而令人耳朵过敏吧。

雨天的屋瓦，浮漾湿湿的流光，灰而温柔，迎光则微明，背光则幽暗，对于视觉，是一种低沉的安慰。至于雨敲在鳞鳞千瓣的瓦上，由远而近，轻轻重重轻轻，夹着一股股的细流沿瓦槽与屋檐潺潺泻下，各种敲击音与滑音密织成网，谁的千指百指在按摩耳轮。"下雨了。"温柔的灰美人来了，她冰冰的纤手在屋顶拂弄着无数的黑键啊灰键，把晌午一下子奏成了黄昏。

在古老的大陆上，千屋万户是如此。二十多年前，初来这岛上，日式的瓦屋亦是如此。先是天暗了下来，城市像罩在一块巨幅的毛玻璃里，阴影在户内延长复加深。然后凉凉的水意弥漫在空间，风自每一个角落里旋起，感觉得到，每一个屋顶上呼吸沉重都覆着灰云。雨来了，最轻的敲打乐敲打这城市。苍茫的屋顶，远远近近，一张张敲过去，古老的琴，那细细密密的节奏，单调里自有一种柔婉与亲切，滴滴点点滴滴，似幻似真，若孩时在摇篮里，一曲耳熟的童谣摇摇欲睡，母亲吟哦鼻音与喉音。或是在江南的泽国水乡，一大筐绿油油的桑叶被啮于千百头蚕，细细琐琐屑屑，口器与口器咀咀嚼嚼。雨来了，雨来的时候瓦这么说，一片瓦说千亿片瓦说，说轻轻地奏吧沉沉地弹，徐徐地叩吧答答地打，间间歇歇敲一个雨季，即兴演奏从惊蛰到清明，在零落的坟上冷冷奏挽歌，一片瓦吟千亿片瓦吟。

在日式的古屋里听雨，听四月，霏霏不绝的黄梅雨，朝夕不断，旬月绵延，湿黏黏的苔藓从石阶下一直侵到他舌底，心底。到七月，听台风台雨在古屋顶上一夜盲奏，千寻海底的热浪沸沸被狂风挟来，掀翻整个太平洋只为向他的矮屋檐重重压下，整个海在他的蜗壳上哗哗泻过。不然便是雷雨夜，白烟一般的纱帐里听羯鼓一通又一通，滔天的暴雨滂滂沛沛扑来，强劲的电琵琶忐忐忑忑忐忐忑忑，弹动屋瓦的惊悸腾腾欲掀起。不然便是斜斜的西北雨斜斜，刷在窗玻璃上，鞭在墙上，打在阔大的芭蕉叶上，一阵寒濑泻过，秋意便弥漫日式的庭院了。

在日式的古屋里听雨，春雨绵绵听到秋雨潇潇，从少年听到中年，听听那冷雨。雨是一种单调而耐听的音乐是室内乐是室外乐，户内听听，户外听听，冷冷，那音乐。雨是一种回忆的音乐，听听那冷雨，回忆江南的雨下得满地是江湖下在桥上和船上，也下在四川在秧田和蛙塘下肥了嘉陵江下湿布谷咕咕的啼声。雨是潮潮润润的音乐下在渴望的唇上舐舐那冷雨。

因为雨是最最原始的敲打乐从记忆的彼端敲起。瓦是最最低沉的乐器灰蒙蒙的温柔覆盖着听雨的人，瓦是音乐的雨伞撑起。但不久公寓的时代来临，台北你怎么一下子长高了，瓦的音乐竟成了绝响。千片万片的瓦翩翩，美丽的灰蝴蝶纷纷飞走，飞入历史的记忆。现在雨下下来下在水泥的屋顶和墙上，没有音韵的雨季。树也砍光了，那月桂，那枫树，柳树和擎天的巨椰，雨来的时候不再有丛叶嘈嘈切切，闪动湿湿的绿光迎接。鸟声减了啾啾，蛙声沉了咯咯，秋天的虫吟也减了唧唧。二十世纪七十年代的台北不需要这些，一个乐队接一个乐队便遣散尽了。要听鸡叫，只有去《诗经》的韵里寻找。现在只剩下一张黑白片，黑白的默片。

　　正如马车的时代去后，三轮车的时代也去了。曾经在雨夜，三轮车的油布篷挂起，送她回家的途中，篷里的世界小得多可爱，而且躲在警察的辖区以外。雨衣的口袋越大越好，盛得下他的一只手里握一只纤纤的手。台湾的雨季这么长，该有人发明一种宽宽的双人雨衣，一人分穿一只袖子，此外的部分就不必分得太苛。而无论工业如何发达，一时似乎还废不了雨伞。只要雨不倾盆，风不横吹，撑一把伞在雨中仍不失古典的韵味。任雨点敲在黑布伞或是透明的塑胶伞上，将骨柄一旋，雨珠向四方喷溅，伞缘便旋成了一圈飞檐。跟女友共一把雨伞，该是一种美丽的合作吧。最好是初恋，有点兴奋，更有点不好意思，若即若离之间，雨不妨下大一点。真正初恋，恐怕是兴奋得不需要伞的，手牵手在雨中狂奔而去，把年轻的长发和肌肤交给漫天的淋淋漓漓，然后向对方的唇上颊上尝凉凉甜甜的雨水。不过那要非常年轻且激情，同时，也只能发生在法国的新潮片里吧。

　　大多数的雨伞想不会为约会张开。上班下班，上学放学，菜市来回的途中，现实的伞，灰色的星期三。握着雨伞，他听那冷雨打在伞上。索性更冷一些就好了，他想。索性把湿湿的灰雨冻成干干爽爽的白雨,六角形的结晶体在无风的空中回回旋旋地降下来,等须眉和肩头白尽时,伸手一拂就落了。二十五年,没有受故乡白雨的祝福,或许发上下一点白霜是一种变相的自我补偿吧。一位英雄,禁得起多少次雨季?他的额头是水成岩还是火成岩削成?他的心底究竟有多厚的苔藓?厦门街的雨巷走了二十年与记忆等长,一座无瓦的公寓在巷底等他,一盏灯在楼上的雨窗子里,等他回去,向晚餐后的沉思冥想去整理青苔深深的记忆。前尘隔海。古屋不再。听听那冷雨。

一九七四年春分之夜

记忆像铁轨一样长

　　我的中学时代在四川的乡下度过。那时正当抗战，号称天府之国的四川，一寸铁轨也没有。不知道为什么，年幼的我，在千山万岭的重围之中，总爱对着外国地图，向往去远方游历，而且觉得最浪漫的旅行方式，便是坐火车。每次见到月历上有火车在旷野奔驰，曳着长烟，便心随烟飘，悠然神往，幻想自己正坐在那一排长窗的某一扇窗口，无穷的风景为我展开，目的地呢，则远在千里外等我，最好是永不到达，好让我永不下车。那平行的双轨一路从天边疾射而来，像远方伸来的双手，要把我接去未知；不可久视，久视便受它催眠。

　　乡居的少年那么神往于火车，大概是因为它雄伟而修长，轩昂的车头一声高啸，一节节的车厢铿铿跟进，那气派真是慑人。至于轮轨相击枕木相应的节奏，初则铿锵而慷慨，继则单调而催眠，也另有一番情韵。过桥时俯瞰深谷，真若下临无地，蹑虚而行，一颗心，也忐忐忑忑待在半空。黑暗迎面撞来，当头罩下，一点准备也没有，那是过山洞。惊魂未定，两壁的回声轰动不绝，你已经愈陷愈深，冲进山岳的盲肠里去了。光明在山的那一头迎你，先是一片幽昧的微熹，迟疑不决，蓦地天光豁然开朗，黑洞把你吐回给白昼。这一连串的经验，从惊到喜，中间还带着不安和神秘，历时虽短而印象很深。

　　坐火车最早的记忆是在十岁。正是抗战第二年，母亲带我从上海乘船到安南，然后乘火车北上昆明。滇越铁路与富良江平行，依着横断山脉蹲踞的余势，江水滚滚向南，车轮铿铿向北。也不知越过多少桥，穿过多少山洞。我靠在窗口，看了几百里的桃花映水，真把人看得眼红、眼花。

　　入川之后，刚兀的铁轨只能在山外远远喊我了。一直要等胜利还都，进了金陵大学，才有京沪路上疾驶的快意。那是大一的暑假，随母亲回她的故乡武进，铁轨无尽，伸入江南温柔的水乡，柳丝弄晴，轻轻地抚着麦浪。可是半年后再坐京沪路的班车东去，却不再中途下车，而是直达上海。那是最难忘的火车之旅了：红旗渡江的前夕，我们仓皇离京，还是母子同行，幸好儿子已经长大，能够照顾行李。车厢挤得像满满一盒火柴，可是乘客的四肢却无法像火柴那么排得平整，而是交肱叠股，摩肩错臂，互补着虚实。母亲还有座位。我呢，整个人只有一只脚半踩在茶几上，另一只则在半空，不是虚悬在空中，而是斜斜地半架半压在各色人等的各色肢体之间。这么维持着"势力平衡"，换腿当然不能，如厕更是妄想。到了上海，还要奋力夺窗而出，否则就会被新涌上来的回程旅客夹在中间，挟回南京去了。

来台之后，与火车更有缘分。什么快车慢车、山线海线，都有缘在双轨之上领略，只是从前京沪路上的东西往返，这时，变成了纵贯线上的南北来回。滚滚疾转的风火千轮上，现代哪吒的心情，有时是出发的兴奋，有时是回程的慵懒，有时是午晴的遐思，有时是夜雨的落寞。大玻璃窗招来豪阔的山水，远近的城村；窗外的光景不断，窗内的思绪不绝，真成了情景交融。尤其是在长途，终站尚远，两头都搭不上现实，这是你一切都被动的过渡时期，可以绝对自由地大想心事，任意识乱流。

饿了，买一盒便当充午餐，虽只一片排骨，几块酱瓜，但在快览风景的高速动感下，却显得特别可口。台中站到了，车头重重地喘一口气，颈挂零食拼盘的小贩一拥而上。太阳饼、凤梨酥的诱惑总难以拒绝。照例一盒盒买上车来，也不一定是为了有多美味，而是细嚼之余有一股甜津津的乡情，以及那许多年来，唉，从年轻时起，在这条线上进站、出站、过站、初旅、重游、挥别，重重叠叠的回忆。

最生动的回忆却不在这条线上，在阿里山和东海岸。拜阿里山神是在十二年前。朱红色的窄轨小火车在洪荒的岑寂里盘旋而上，忽进忽退，忽蠕蠕于悬崖，忽隐身于山洞，忽又引吭一呼，回声在峭壁间来回反弹。万绿丛中牵曳着这一线媚红，连高古的山颜也板不起脸来了。

拜东岸的海神却近在三年以前，是和我存一同乘电气化火车从北回线南下。浩浩的太平洋啊，日月之所出，星斗之所生，毕竟不是海峡所能比，东望，是令人绝望的水蓝世界，起伏不休的咸波，在远方，摇撼着多少个港口多少只船，扪不到边，探不到底，海神的心事就连长锚千丈也难窥。一路上怪壁碍天，奇岩镇地，被千古的风浪刻成最丑所以也最美的形貌，罗列在岸边如百里露天的艺廊，刀痕刚劲，一件件都凿着时间的签名，最能满足狂士的"石癖"。不仅岸边多石，海中也多岛。火车过时，一个个岛屿都不甘寂寞，跟它赛跑起来。毕竟都是海之囚，小的，不过跑三两分钟，大的，像龟山岛，也只能追逐十几分钟，就认输放弃了。

萨洛扬的小说里，有一个寂寞的野孩子，每逢火车越野而过，总是兴奋地在后面追赶。四十年前在四川的山国里，对着世界地图悠然出神，也是那样寂寞的一个孩子，只是在他的门前，连火车也不经过。后来远去外国，越洋过海，坐的却常是飞机，而非火车。飞机虽可想成庄子的逍遥之游，列子的御风之旅，但是出没云间，游行虚碧，变化不多，机窗也太狭小，久之并不耐看。哪像火车的长途，催眠的节奏，多变的风景，从阔窗里看出去，又像是在人间，又像驶出了世外。所以在海外旅行，凡铿铿的双轨能到之处，我总是站在月台——名副其实的"长亭"——上面，等那阳刚之美的火车轰轰隆隆其势不断地踹进站来，来载我去远方。

在美国的那几年，坐过好多次火车，在爱荷华城读书的那一年，常坐火车去芝加哥看刘鎏和孙璐。美国是汽车王国，火车并不考究。去芝加哥的老式火车颇有十九世纪遗风，坐起来实在不大舒服，但沿途的风景却看之不倦。尤其到了秋天，原野上有一股好闻的淡淡焦味，太阳把一切成熟的东西焙得更成熟，黄透的枫叶杂着赭尽的橡叶，一路艳烧到天边，谁见过那样美丽的"火灾"呢？过密西西比河，铁桥上敲起空旷的铿锵，桥影如网，张着抽象美的线条，倏忽已踹过好一片壮阔的烟波。等到暮色在窗，芝城的灯火迎面渐密，那黑人老车掌就喉音重浊地喊出站名：Tanglewood!

有一次，从芝城坐火车回爱荷华城。正是耶诞假后，满车都是回校的学生，大半还背着、拎着行囊，更显拥挤。我和好几个美国学生挤在两节车厢之间，等于站在老火车轧轧交挣的关节之上，又冻又渴，饮水的纸杯在众人手上，从厕所一路传到我们跟前。更严重的问题是不能去厕所，因为连那里面也站满了人。火车原已误点，我们在呵气翳窗的芝城总站上早已困立了三四个小时，偏偏隆冬的膀胱最容易注满。终于"满载而归"，一直熬到爱大的宿舍。一泻之余，顿觉身轻若仙，重心全失。

美国火车经常误点，真是恶名昭彰。我在美国下决心学开汽车，完全是给老爷火车激出来的。火车误点，或是半途停下来等到地老天荒，甚至为了说不清楚的深奥原因向后倒开，都是最不浪漫的事。几次耽误，我一怒之下，决定把方向盘握在自己手里，不问山长水远，都可即时命驾。执照一到手，便与火车分道扬镳，从此我骋我的高速路，它敲它的双铁轨。不过在高速路旁，偶见迤迤的列车同一方向疾行，那修长而魁伟的体魄，那稳重而剽悍的气派，尤其是在天高云远的西部，仍令我怦然心动。总忍不住要加速去追赶，兴奋得像西部片里马背上的大盗，直到把它追进了山洞。

一九七六年去英国，周榆瑞带我和彭歌去剑桥一游。我们在维多利亚车站的月台上候车，匆匆来往的人群，使人想起那许多著名小说里的角色，在这"生之旋涡"里卷进又卷出的神色与心情。火车出城了，一路开得不快，看不尽人家后院晒着的衣裳和红砖翠篱之间明艳而动人的园艺。那年西欧大旱，耐干的玫瑰却恣肆着娇红。不过是八月底，英国给我的感觉却是过了成熟焦点的晚秋，尽管是迟暮了，仍不失为美人。到剑桥飘起霏霏的细雨，更为那一幢幢严整雅洁的中世纪学院平添了一分迷蒙的柔美。经过人文传统日琢月磨的景物，究竟多一种沉潜的秀逸气韵，不是铝光闪闪的新厦可比。在空幻的雨气里，我们撑着黑伞，踱过剑河上的石洞拱桥，心底回旋的是弥尔顿牧歌中的抑扬名句，不是砑石才子的江南乡音。红砖与翠藤可以为证，半部英国文学史不过是这河水的回声。雨气终于浓成暮色，我们才挥别了灯暖如橘的剑桥小站。往往，大旅途里最具风味的，是这种一日来回的"便游"（sidetrip）。

两年后我去瑞典开会，回程顺便一游丹麦与德国，特意把斯德哥尔摩到哥本哈根的机票，换成黄底绿字的美丽火车票。这一程如果在云上直飞，一小时便到了，但是在铁轨上轮转，从上午八点半到下午四点半，却足足走了八个小时。云上之旅海天一色，美得未免抽象。风火轮上八小时的滚滚滑行，却带我深入瑞典南部的四省，越过青青的麦田和黄艳艳的芥菜花田，攀过银桦蔽天杉柏密矗的山地，渡过北欧之喉的峨瑞升德海峡，在香熟的夕照里驶入丹麦。瑞典是森林王国，火车上凡是门窗几椅之类都用木制，给人的感觉温厚而可亲。车上供应的午餐是烘面包夹鲜虾仁，灌以甘冽的嘉士伯啤酒，最合我的口胃。瑞典南端和丹麦北部这一带，陆上多湖，海中多岛，我在诗里曾说这地区是"屠龙英雄的泽国，佯狂王子的故乡"，想象中不知有多阴郁，多神秘。其实那时候正是春夏之交，纬度高远的北欧日长夜短，柔蓝的海峡上，迟暮的天色久久不肯落幕。我在延长的黄昏里独游哥本哈根的夜市，向人鱼之港的灯影花香里，寻找疑真疑幻的传说。

德国之旅，从杜塞尔多夫到科隆的一程，我也改乘火车。德国的车厢跟瑞典的相似，也是一边是狭长的过道，另一边是方形的隔间，装饰古拙而亲切，令人想起旧世界的电影。乘客稀少，由我独占一间，皮箱和提袋任意堆在长椅上。银灰与橘红相映的火车沿莱茵河南下，正自纵览河景，查票员说科隆到了。刚要把行李提上走廊，猛一转身，忽然瞥见蜂房蚁穴的街屋之上峻然拔起两座黑黝黝的尖峰，瞬间的感觉，极其突兀而可惊。定下神来，火车已经驶近那一双怪物，峭险的尖塔下原来还整齐地绕着许多小塔，锋芒逼人，拱卫成一派森严的气象，那么崇高而神秘，中世纪哥特式的肃然神貌耸在半空，无闻于下界琐细的市声。原来是科隆的大教堂，在莱茵河畔顶天立地已七百多岁。火车在转弯。不知道是否因为微侧，竟感觉那一对巨塔也峨然倾斜，令人吃惊。不知飞机回降时成何景象，至少火车进城的这一幕十分壮观。

三年前去里昂参加国际笔会的年会，从巴黎到里昂，当然是乘火车，为了深入法国东部的田园诗里，看各色的牛群，或黄或黑，或白底而花斑，嚼不尽草原缓坡上远连天涯的芳草萋萋。陌生的城镇，点名一般地换着站牌。小村更一现即逝，总有白杨或青枫排列于乡道，掩映着粉墙红顶的村舍，衬以教堂的细瘦尖塔，那么秀气地指着远天。席思礼、毕沙洛，在初秋的风里吹弄着牧笛吗？那年法国刚通了东南线的电气快车，叫作 Le TGV（Train à Grande Vitesse），时速三百八十公里，在报上大事宣扬。回程时，法国笔会招待我们坐上这娇红的电鳗。由于座位是前后相对，我一路竟倒骑着长鳗进入巴黎。在车上也不觉得怎么"风驰电掣"，颇感不过如此。今年初夏和纪刚、王蓝、健昭、杨牧一行，从东京坐子弹车射去京都，也只觉其"稳健"而已。车到半途，天色渐昧，正吃着鳗鱼佐饭的日本便当，吞着苦涩的札幌啤酒，车厢里忽然起了骚动，惊叹不绝。在邻客的探首指点之下，讶见富士山的雪顶白矗晚空，明知其为真实，却影影绰绰，像一片可怪的幻象。车行极快，不到三五分钟，那一影淡白早已被近丘所遮。那样快的变动，敢说浮世绘的画师，戴笠挎剑的武士，都不曾见过。

台湾中南部的大学常请台北的教授前往授课，许多朋友不免每星期南下台中、台南或高雄。从前龚定庵奔波于北京与杭州之间，柳亚子说他"北驾南舣到白头"。这些朋友在岛上南北奔波,看样子也会奔到白头,不过如今是在双轨之上,不是驾马舣舟。我常笑他们是演《双城记》。其实近十年来,自己在台北与香港之间,何尝不是如此?在台北,三十年来我一直以厦门街为家。现在的汀洲街二十年前是一条窄轨铁路,小火车可通新店。当时年少,我曾在夜里踏着轨旁的碎石,鞋声轧轧地走回家去,有时索性走在轨道上,把枕木踩成一把平放的长梯。时常在冬日的深宵,诗写到一半,正独对天地之悠悠,寒战的汽笛声会一路沿着小巷呜呜传来,凄清之中有其温婉,好像在说:全台北都睡了,我也要回站去了,你,还要独撑这倾斜的世界吗?夜半钟声到客船,那是张继。而我,总还有一声汽笛。

在香港,我的楼下是山,山下正是九广铁路的中途。从黎明到深夜,在阳台下滚滚碾过的客车、货车,至少有一百班。初来的时候,几乎每次听见车过,都不禁要想起铁轨另一头的那一片土地,简直像十指连心。十年下来,那样的节拍也已听惯,早成大寂静里的背景音乐,与山风海潮合成浑然一片的天籁了。那轮轨交磨的声音,远时哀沉,近时壮烈,清晨将我唤醒,深宵把我摇睡,已经潜入了我的脉搏,与我的呼吸相通。将来我回台湾,最不惯的恐怕就是少了这金属的节奏,那就是真正的寂寞了。也许应该把它录下音来,用最敏感的机器,以备他日怀旧之需。附近有一条铁路,就似乎把住了人间的动脉,总是有情的。

香港的火车电气化之后,大家坐在冷静如冰箱的车厢里,忽然又怀起古来，隐隐觉得从前的黑头老火车，曳着煤烟而且重重叹气的那种，古拙刚愎之中仍不失可亲的味道。在从前那种车上，总有小贩穿梭于过道，叫卖斋食与"凤爪"，更少不了的是报贩。普通票的车厢里，不分三教九流，男女老幼，都杂杂沓沓地坐在一起，有的默默看报，有的怔怔望海，有的瞌睡，有的啃鸡爪，有的闲闲地聊天，有的激昂慷慨地痛论国事，但旁边的主妇并不理会，只顾得呵斥自己的孩子。如果你要香港社会的样品，这里便是。周末的加班车上，更多广州返来的回乡客，一根扁担，就挑尽了大包小笼。此情此景，总令我想起杜米叶（Honoré Daumier）的名画《三等车上》。只可惜香港没有产生自己的杜米叶，而电气化后的明净车厢里，从前那些汗气、土气的乘客，似乎一下子都不见了，小贩子们也绝迹于月台。我深深怀念那个摩肩抵肘的时代。站在今日画了黄线的整洁月台上，总觉得少了一点什么，直到记起了从前那一声汽笛长啸。

　　写火车的诗很多，我自己都写过不少。我甚至译过好几首这样的诗，却最喜欢土耳其诗人塔朗吉（Cahit Sitki Taranci）的这首：

　　　　去什么地方呢？这么晚了，
　　　　美丽的火车，孤独的火车？
　　　　凄苦是你汽笛的声音，
　　　　令人记起了许多事情。

为什么我不该挥舞手巾呢?
乘客多少都跟我有亲。
去吧,但愿你一路平安,
桥都坚固,隧道都光明。

一九八四年五月

自豪与自幸

——我的国文启蒙

每个人的童年未必都像童话，但是至少该像童年。若是在都市的红尘里长大，不得亲近草木虫鱼，且又饱受考试的威胁，就不得纵情于杂学闲书，更不得看云、听雨，发一整个下午的呆。我的中学时代在四川的乡下度过，正是抗战，尽管贫于物质，却富于自然，裕于时光，稚小的我乃得以亲近山水，且涵泳中国的文学。所以每次忆起童年，我都心存感慰。

我相信一个人的中文根底，必须深固于中学时代。若是等到大学才来补救，就太晚了，所以大一国文之类的课程不过虚设。我的幸运在于中学时代是在淳朴的乡间度过，而家庭背景和学校教育也宜于学习中文。

一九四〇年秋天，我进入南京青年会中学，成为初一的学生。那家中学在四川江北县悦来场，靠近嘉陵江边，因为抗战，才从南京迁去了当时所谓的"大后方"。不能算是什么名校，但是教学认真。我的中文跟英文底子，都是在那几年打结实的。尤其是英文老师孙良骥先生，严谨而又关切，对我的教益最多。当初若非他教我英文，日后我是否进外文系，大有问题。

至于国文老师，则前后换了好几位。川大毕业的陈梦家先生，兼授国文和历史，虽然深度近视，戴着厚如酱油瓶底的眼镜，却非目光如豆，学问和口才都颇出众。另有一位国文老师，已忘其名，只记得仪容儒雅，身材高大，不像陈老师那么不修边幅，甚至有点邋遢。更记得他是北师大出身，师承自多名士耆宿，就有些看不起陈先生，甚至溢于言表。

高一那年，一位前清的拔贡来教我们国文。他是戴伯琼先生，年已古稀，十足是川人惯称的"老夫子"。依清制科举，每十二年由各省学政考选品学兼优的生员，保送入京，也就是贡入国子监，谓之拔贡。再经朝考及格，可充京官、知县或教职。如此考选拔贡，每县只取一人，真是高才生了。戴老夫子应该就是巴县（即江北县）的拔贡，旧学之好可以想见。冬天他来上课，步履缓慢，意态从容，常着长衫，戴黑帽，坐着讲书。至今我还记得他教周敦颐的《爱莲说》，如何摇头晃脑，用川腔吟诵，有金石之声。这种老派的吟诵，随情转腔，一咏三叹，无论是当众朗诵或者独自低吟，对于体味古文或诗词的意境，最具感性的功效。现在的学生，甚至主修中文系的，也往往只会默读而不会吟诵，与古典文学不免隔了一层。

为了戴老夫子的耆宿背景，我们交作文时，就试写文言。凭我们这一手稚嫩的文言,怎能入夫子的法眼呢?幸而他颇客气,遇到交文言的,他一律给六十分。后来我们死了心,改写白话,结果反而获得七八十分,真是出人意料。

有一次,和同班的吴显恕读了孔稚珪的《北山移文》,佩服其文采之余,对纷繁的典故似懂非懂,乃持以请教戴老夫子,也带点好奇,有意考他一考。不料夫子一瞥题目,便把书合上,滔滔不绝,不但我们问的典故他如数家珍地详予解答,就连没有问的,他也一并加以讲解,令我们佩服之至。

国文班上,限于课本,所读毕竟有限,课外研修的师承则来自家庭。我的父母都算不上什么学者,但他们出身旧式家庭,文言底子照例不弱,至少文理是晓畅通达的。我一进中学,他们就认为我应该读点古文了,父亲便开始教我魏征的《谏太宗十思疏》,母亲也在一旁帮腔。我不太喜欢这种文章,但感于双亲的谆谆指点,也就十分认真地学习。接下来是读《留侯论》,虽然也是以知性为主的议论文,却淋漓恣肆,兼具生动而铿锵的感性,令我非常感动。再下来便是《春夜宴桃李园序》《吊古战场文》《与韩荆州书》《陋室铭》等几篇。我领悟渐深,兴趣渐浓,甚至倒过来央求他们多教一些美文。起初他们不很愿意,认为我应该多读一些载道的文章,但见我颇有进步,也真有兴趣,便又教了《为徐敬业讨武曌檄》《滕王阁序》《阿房宫赋》。

父母教我这些,每在讲解之余,各以自己的乡音吟哦给我听。父亲诵的是闽南调,母亲吟的是常州腔,古典的情操从乡音深处召唤着我，对我都有异常的亲切。就这么，每晚就着摇曳的桐油灯光，一遍又一遍，有时低回，有时高亢，我习诵着这些古文，忘情地赞叹骈文的工整典丽，散文的开阖自如。这样的反复吟咏，潜心体会，对于真正进入古人的感情，去呼吸历史，涵泳文化，最为深刻、委婉。日后我在诗文之中展现的古典风格，正以桐油灯下的夜读为其源头。为此，我永远感激父母当日的启发。

不过那时为我启蒙的，还应该一提二舅父孙有孚先生。那时我们是在悦来场的乡下，住在一座朱氏宗祠里，山下是南去的嘉陵江，涛声日夜不断，入夜尤其撼耳。二舅父家就在附近的另一个山头，和朱家祠堂隔谷相望。父亲经常在重庆城里办公，只有母亲带我住在乡下，教授古文这件事就由二舅父来接手。他比父亲要闲，旧学造诣也似较高，而且更加喜欢美文，正合我的抒情倾向。

他为我讲了前后《赤壁赋》和《秋声赋》，一面捧着水烟筒，不时滋滋地抽吸，一面为我娓娓释义，哦哦诵读。他的乡音同于母亲，近于吴侬软语，纤秀之中透出儒雅。他家中藏书不少，最吸引我的是一部插图动人的线装《聊斋志异》。二舅父和父亲那一代，认为这种书轻佻侧艳，只宜偶尔消遣，当然不会鼓励子弟去读。好在二舅父也不怎么反对，课余任我取阅，纵容我神游于人鬼之间。

后来父亲又找来《古文笔法百篇》和《幼学琼林》《东莱博议》之类，抽教了一些。长夏的午后，吃罢绿豆汤，父亲便躺在竹睡椅上，一卷接一卷地细览他的《纲鉴易知录》，一面叹息盛衰之理，我则畅读旧小说，尤其耽看《三国演义》。《西游记》《水浒传》，甚至《封神榜》《东周列国志》《七侠五义》《包公案》《平山冷燕》等等也在闲观之列，但看得最入神也最仔细的，是《三国演义》，连草船借箭那一段的《大雾迷江赋》也读了好几遍。至于《儒林外史》和《红楼梦》，则要到进了大学才认真阅读。当时初看《红楼梦》，只觉其婆婆妈妈，很不耐烦，竟半途而废。早在高中时代，我的英文已经颇有进境，可以自修《莎氏乐府本事》（*Tales from Shakespeare*：by Charles Lamb），甚至试译拜伦《恰尔德·哈罗德游记》（*Childe Harold's Pilgrimage*）的片段。只怪我野心太大，头绪太多，所以读中国作品也未能全力以赴。

我一直认为，不读旧小说难谓中国的读书人。"高眉"（highbrow）的古典文学固然是在诗文与史哲，但"低眉"（low-brow）的旧小说与民谣、地方戏之类，却为市井与江湖的文化所寄，上至骚人墨客，下至走卒贩夫，广为雅俗共赏。身为中国人而不识关公、包公、武松、薛仁贵、孙悟空、林黛玉，是不可思议的。如果说庄、骚、李、杜、韩、柳、欧、苏是古典之葩，则西游、水浒、三国、红楼正是民俗之根，有如圆规，缺其一脚必难成其圆。

读中国的旧小说，至少有两大好处。一是可以认识旧社会的民情风土、市井江湖，为儒道释俗化的三教文化作一注脚；另一则是在文言与白话之间搭一桥梁，俾在两岸自由来往。当代学者慨叹学子中文程度日低，开出来的药方常是"多读古书"。其实目前学生中文之病已近膏肓，勉强吞咽几丸《孟子》或《史记》，实在是杯水车薪，无济于事，根底太弱，虚不受补。倒是旧小说融贯文白，不但语言生动，句法自然，而且平仄妥帖，词汇丰富。用白话写的，有口语的流畅，无西化之夹生，可谓旧社会白话文的"原汤正味"；而用文话写的，如《三国演义》《聊斋志异》与唐人传奇之类，亦属浅近文言，便于白话过渡。加以故事引人入胜，这些小说最能使青年读者潜化于无形，耽读之余，不知不觉就把中文摸熟弄通，虽不足从事什么声韵训诂，至少可以做到文从字顺，达意通情。

我那一代的中学生，非但没有电视，也难得看到电影，甚至广播也不普及。声色之娱，恐怕只有靠话剧了，所以那是话剧的黄金时代。一位穷乡僻壤的少年要享受故事，最方便的方式就是读旧小说。加以考试压力不大，都市娱乐的诱惑不多而且太远，而长夏午寐之余，隆冬雪窗之内，常与诸葛亮、秦叔宝为伍，其乐何输今日的磁碟、录影带、卡拉OK？而更幸运的，是在"且听下回分解"之余，我们那一代的小"看官"们竟把中文读通了。

同学之间互勉的风气也很重要。巴蜀文风颇盛，民间素来重视旧学，可谓弦歌不辍。我的四川同学家里常见线装藏书，有的可能还是珍本，不免拿来校中炫耀，乃得奇书共赏。当时中学生之间，流行的课外读物分为三类，即：古典文学，尤其是旧小说；新文学，尤其是三十年代白话小说；翻译文学，尤其是帝俄与苏联的小说。三类之中，我对后两类并不太热衷，一来因为我勤读英文，进步很快，准备日后直接欣赏原文，至少可读英译本，二来我对当时西化而生硬的新文学文体，多无好感，对一般新诗，尤其是普罗八股，实在看不上眼。同班的吴显恕是蜀人，家多古典藏书，常携来与我共赏，每遇奇文妙句，辄同声啧啧。有一次我们迷上了《西厢记》，爱不释手，甚至会趁下课的十分钟展卷共读，碰上空堂，更并坐在校园的石阶上，膝头摊开张生的苦恋，你一节，我一段，吟咏什么"颠不刺的见了万千，似这般可喜娘的庞儿罕曾见"。后来发现了苏曼殊的《断鸿零雁记》，也激赏了一阵，并传观彼此抄下的佳句。

至于诗词，则除了课本里的少量作品以外，老师和长辈并未着意为我启蒙，倒是性之相近，习以为常，可谓无师自通。当然起初不是真通，只是感性上觉得美，觉得亲切而已。遇到典故多而背景曲折的作品，就感到隔了一层，纷繁的附注也不暇细读。不过热爱却是真的，从初中起就喜欢唐诗，到了高中更兼好五代与宋之词，历大学时代而不衰。

最奇怪的，是我吟咏古诗的方式，虽得闽腔吴调的口授启蒙，兼采二舅父哦叹之音，日后竟然发展成唯我独有的曼吟回唱，一波三折，余韵不绝，跟长辈比较单调的诵法全然相异。五十年来，每逢独处寂寞，例如异国的风朝雪夜，或是高速长途独自驾车，便纵情朗吟"弃我去者昨日之日不可留，乱我心者今日之日多烦忧！"或是"长洪斗落生跳波，轻舟南下如投梭，水师绝叫凫雁起，乱石一线争磋磨！"顿觉太白、东坡就在肘边，一股豪气上通唐宋。若是吟起更高古的"老骥伏枥，志在千里。烈士暮年，壮心不已"，意兴就更加苍凉了。

《晋书·王敦传》说王敦酒后，辄咏曹操这四句古诗，一边用玉如意敲打唾壶作节拍，壶边尽缺。清朝的名诗人龚自珍有这么一首七绝："回肠荡气感精灵，座客苍凉酒半醒。自别吴郎高咏减，珊瑚击碎有谁听？"说的正是这种酒酣耳热，纵情朗吟，而四座共鸣的豪兴。这也正是中国古典诗感性的生命所在。只用今日的语言来读古诗或者默念，只恐永远难以和李杜呼吸相通，太可惜了。

前年十月，我在英国六个城市巡回诵诗。每次在朗诵自己作品六七首的英译之后，我一定选一两首中国古诗，先读其英译，然后朗吟原文。吟声一断，掌声立起，反应之热烈，从无例外。足见诗之朗诵具有超乎意义的感染性，不幸这种感性教育今已荡然无存，与书法同一式微。

去年十二月，我在"第二届中国文学翻译国际研讨会"上，对各国的汉学家报告我中译王尔德喜剧《温夫人的扇子》的经验，说王尔德的文字好炫才气，每令译者"望洋兴叹"而难以下笔，但是有些地方碰巧，我的译文也会胜过他的原文。众多学者吃了一惊，一起抬头等待下文。我说："有些地方，例如对仗，英文根本比不上中文。在这种地方，原文不如译文，不是王尔德不如我，而是他捞过了界，竟以英文的弱点来碰中文的强势。"

我以身为中国人自豪，更以能使用中文为幸。

一九九三年一月

沙田山居

书斋外面是阳台,阳台外面是海,是山,海是碧湛湛的一弯,山是青郁郁的连环。山外有山,最远的翠微淡成一袅青烟,忽焉似有,再顾若无,那便是,大陆的莽莽苍苍了。日月闲闲,有的是时间与空间。一览不尽的青山绿水,马远夏圭的长幅横披,任风吹,任鹰飞,任渺渺之目舒展来回,而我在其中俯仰天地,呼吸晨昏,竟已有十八个月了。十八个月,也就是说,重九的陶菊已经两开,中秋的苏月已经圆过两次了。

海天相对,中间是山,即使是秋晴的日子,透明的蓝光里,也还有一层轻轻的海气,疑幻疑真,像开着一面玄奥的迷镜,照镜的不是人,是神。海与山绸缪在一起,分不出,是海侵入了山间,还是山诱俘了海水,只见海把山围成了一角角的半岛,山呢,把海围成了一汪汪的海湾。山色如环,困不住浩渺的南海,毕竟在东北方缺了一口,放樯桅出去,风帆进来。最是晴艳的下午,八仙岭下,一艘白色渡轮,迎着酣美的斜阳悠悠向大埔驶去,整个吐露港平铺着千顷的碧蓝，就为了反衬那一影耀眼的洁白。起风的日子，海吹成了千亩蓝田，无数的百合此开彼落。到了深夜，所有的山影黑沉沉都睡去，远远近近，零零落落的灯全睡去，只留下一阵阵的潮声起伏，永恒的鼾息，撼人的节奏撼我的心血来潮。有时十几盏渔火赫然，浮现在阒黑的海面，排成一弯弧形，把渔网愈收愈小，围成一丛灿灿的金莲。

海围着山，山围着我。沙田山居，峰回路转，我的朝朝暮暮，日起日落，月望月朔，全在此中度过，我成了山人。问余何事栖碧山，笑而不答，山已经代我答了。其实山并未回答，是鸟代山答了，是虫，是松风代山答了。山是禅机深藏的高僧，不轻易开口的。人在楼上倚栏杆，山列坐在四面如十八尊罗汉叠罗汉，相看两不厌。早晨，我攀上佛头去看日出，黄昏，从联合书院的文学院一路走回来，家，在半山腰上等我，那地势，比佛肩要低，却比佛肚子要高些。这时，山什么也不说，只是争噪的鸟雀泄漏了他愉悦的心境。等到众鸟栖定，山影茫然，天籁便低沉下去，若断若续，树间的歌者才歇一下，草间的吟哦又四起。至于山坳下面那小小的幽谷，形式和地位都相当于佛的肚脐，深凹之中别有一番谐趣。山谷是一个爱音乐的村女，最喜欢学舌拟声，可惜太害羞，技巧不很高明。无论是鸟鸣犬吠，或是火车在谷口扬笛路过，她都要学叫一声，落后半拍，应人的尾音。

从我的楼上望出去，马鞍山奇拔而峭峻，屏于东方，使朝暾姗姗其来迟。鹿山巍然而逼近，魁梧的肩膂遮去了半壁西天，催黄昏早半小时来临，一个分神，夕阳便落进他的僧袖里去了。一炉晚霞，黄铜烧成赤金又化作紫灰与青烟，壮哉崦嵫的神话，太阳的葬礼。阳台上，坐看晚景变幻成夜色，似乎很缓慢，又似乎非常敏捷，才觉霞光烘颊，余曛在树，忽然变生咫尺，眈眈的黑影已伸及你的肘腋，夜，早从你背后袭来。那过程，是一种绝妙的障眼法，非眼睫所能守望的。等到夜色四合，黑暗已成定局，四围的山影，重甸甸阴森森的，令人肃然而恐。尤其是西屏的鹿山，白天还如佛如僧，蔼然可亲，这时竟收起法相，庞然而踞，黑毛茸蒙如一尊暗中伺人的怪兽，隐然，有一种潜伏的不安。

千山磅礴的来势如压，谁敢相撼？但是云烟一起，庄重的山态便改了。雾来的日子，山变成一座座的列屿，在白烟的横波回澜里，载浮载沉。八仙岭果真化作了过海的八仙，时在波上，时在弥漫的云间。有一天早晨，举目一望，八仙和马鞍和远远近近的大小众峰，全不见了，偶尔云开一线，当头的鹿山似从天隙中隐隐相窥，去大埔的车辆出没在半空。我的阳台脱离了一切，下临无地，在汹涌的白涛上自由来去。谷中的鸡犬声从云下传来，从夐远的人间。我走去更高处的联合书院上课，满地白云，师生衣袂飘然，都成了神仙。我登上讲坛说道，烟云都穿窗探首来旁听。

起风的日子，一切云云雾雾的朦胧氤氲全被拭净，水光山色，纤毫悉在镜里。原来对岸的八仙岭下，历历可数，有这许多山村野店，水浒人家。半岛的天气一日数变，风骤然而来，从海口长驱直入，脚下的山谷顿成风箱，抽不尽满壑的咆哮翻腾。蹂躏着罗汉松与芦草，掀翻海水，吐着白浪，风是一群透明的猛兽，奔踹而来，呼啸而去。

　　海潮与风声，即使撼天震地，也不过为无边的静加注荒情与野趣罢了。最令人心动而神往的，却是人为的骚音。从清早到午夜，一天四十多班，在山和海之间，敲轨而来，鸣笛而去的，是九广铁路的客车，货车，猪车。曳着黑烟的飘发，蟠蜿着十三节车厢的修长之躯，这些工业时代的元老级交通工具，仍有旧世界迷人的情调，非协和的超音速飞机所能比拟。山下的铁轨向北延伸，延伸着我的心弦。我的中枢神经，一日四十多次，任南下又北上的千只铁轮轮番敲打，用钢铁火花的壮烈节奏，提醒我，藏在谷底的并不是洞里桃源，住在山上，我亦非桓景，即使王粲，也不能不下楼去：

> 栏杆三面压人眉睫是青山
>
> 碧螺黛迤逦的边愁欲连环
>
> 叠嶂之后是重峦，一层淡似一层
>
> 湘云之后是楚烟，山长水远
>
> 五千载与八万万，全在那里面……

一九七六年二月

高速的联想

那天下午从九龙驾车回马料水，正是下班时分，大埔路上，高低长短形形色色的车辆，首尾相衔，时速二十五英里。一只鹰看下来，会以为那是相对爬行的两队单角蜗牛，单角，因为每辆车只有一根收音机天线。不料快到沙田时，莫名其妙地塞起车来，一时单角的蜗牛都变成了独须的病猫，废气暖暖，马达喃喃，像集体在腹诽狭窄的公路。熄火又不能，因为每隔一会，整条车队又得蠢蠢蠕动。前面究竟在搞什么鬼，方向盘的舵手谁也不知道。载道的怨声和咒语中，只有我沾沾自喜，欣然独笑。俯瞥仪表板上，从左数过来第七个蓝色钮键，轻轻一按，我的翠绿色小车忽然离地升起，升起，像一片逍遥的绿云牵动多少愕然仰羡的眼光，悠悠扬扬向东北飞逝。

那当然是真的：在拥挤的大埔路上，我常发那样的狂想。我爱开车。我爱操纵一架马力强劲反应灵敏野蛮又柔驯的机器，我爱方向盘在掌中微微颤动四轮在身体下面平稳飞旋的那种感觉，我爱用背肌承受的压力去体会曲折起伏的地形、山势，一句话，我崇拜速度。阿拉伯的劳伦斯曾说："速度是人性中第二种古老的兽欲。"以运动的速度而言，自诩万物之灵的人类是十分可怜的。褐雨燕的最高时速，是二百九十点五英里。狩猎的鹰在俯冲下扑时，能快到每小时一百八十英里。比赛的鸽子，有九十六点二九英里的时速。兽中最迅速的选手是豹和羚羊：长腿黑斑的亚洲豹，绰号"猎豹"者，在短程冲刺时，时速可到七十英里，可惜五百码后，就降成四十多英里了；叉角羚羊奋蹄疾奔，可以维持六十英里时速。和这些相比，"动若脱兔"只能算"中驷之才"：英国野兔的时速不过四十五英里。"白驹过隙"就更慢了，骑师胯下的赛马每小时只驰四十三点二六英里。人的速度最是可怜，一百码之外只能达到二十六点二二英里的时速。

可怜的凡人，奔腾不如虎豹，跳跃不如跳蚤，游泳不如旗鱼，负重不如蚂蚁，但是人会创造并驾驭高速的机器，以逸待劳，不但突破自己体能的极限，甚至超迈飞禽走兽，意气风发，逸兴遄飞之余，几疑可以追神迹，蹑仙踪。高速，为什么令人兴奋呢？生理学家一定有他的解释，例如循环加速，心跳变剧等等。但在心理上，至少在潜意识里，追求高速，其实是人与神争的一大欲望：地心引力是自然的法则，也就是人的命运，高速的运动就是要反抗这法则，虽不能把它推翻，至少可以把它的限制压到最低。赛跑或赛车的选手打破世界纪录的那一刹那，是一闪宗教的启示，因为凡人体能的边疆，又向前推进了一步，而人进一步，便是神退一步，从此，人更自由了。

滑雪，赛跑，游泳，赛车，飞行等等的选手，都称得上是英雄。

他们的自由和光荣是从神手里，不是从别人的手里，夺过来的。他们所以成为英雄，不是因为牺牲了别人，而是因为克服了自然，包括他们自己。

若论紧张刺激的动感，高速运动似乎有这么一个原则，就是：凭借的机械愈多，和自然的接触就愈少，动感也就减小。赛跑，该是最直接的运动。赛马，就间接些，但凭借的不是机械，而是一匹汗油生光肌腱勃怒奋鬣扬蹄的神驹。最间接的，该是赛车了，人和自然之间，隔了一只铁盒，四只轮胎。不过，愈是间接的运动，就愈高速。这对于生就低速之躯的人类说来，实在是一件难以两全的事情。其他动物面对自己天生的体速，该都是心安理得，受之怡然的吧？我常想，一只时速零点零三英里的蜗牛，放在跑车的挡风玻璃里去看剧动的世界，会有怎样的感受？

许多人爱驾敞篷的跑车，就是想在高速之中，承受、享受更多的自然：时速超过七十五英里，八十英里，九十英里，全世界轰然向你扑来，发交给风，肺交给激湍洪波的气流，这时，该有点飞的感觉了吧。阿拉伯的劳伦斯有耐性骑骆驼，却不耐烦驾驶汽车：他认为汽车是没有灵性的东西，只合在风雨中乘坐。从沙漠回到文明，才下了驼背，他便跨上电单车，去拜访哈代和萧伯纳。他在电单车上，每月至少驰骋两千四百英里，快的时候，时速高达一百英里，终因车祸丧生。

我骑过五年单车，也驾过四年汽车，却从未驾过电单车，但劳伦斯驰骤生风的豪情，我可以仿佛想象。电单车的骁腾慓悍，远在单车之上，而冲风抢路身随车转的那种投入感，更远胜靠在桶形椅背踏在厚地毯上的方向盘舵手。电影《逍遥遊》（*Easy Rider*）里，三骑士在美国西南部的沙漠里直线疾驰的那一景，在摇滚乐亢奋的节奏下，是现代电影的一大高潮。我想，在潜意识里，现代少年是把桀骜难驯的电单车当马骑的：现代骑士仍然是戴盔着靴，而两脚踏镫双肘向外分掌龙头两角的骑姿，却富于浪漫的夸张，只有马达的厉啸逆人神经而过，比不上古典的马嘶。现代车辆的引擎，用马力来标示电力，依稀有怀古之风。准此，则敞篷车可以比拟远古的战车，而四门的"轿车"（sedan）更是复古了。二十世纪六十年代的中期，福特车厂驱出的"野马"（Mustang）号拟跑车，颈长尾短，慓悍异常，一时纵横于超级公路，逼得克莱斯勒车厂只好放出一群矫健灵猛的"战马"（Charger）来竞逐。

我学开车，是在一九六四年的秋天。当时我从皮奥瑞亚去爱荷华访叶珊与黄用，一路上，火车误点，灰狗的长途车转车费时，这才省悟，要过州历郡亲身去纵览惠特曼和桑德堡诗中体魄雄伟的美国，手里必须有一个方向盘。父亲在国内闻言大惊，一封航空信从松山飞来，力阻我学驾车。但无穷无尽更无红灯的高速公路在夐阔自由的原野上张臂迎我，我的逻辑是：与其把生命交托给他人，不如握在自己的手里。学了七小时后，考到了驾驶执照。发那张硬卡给我的美国警察说："公路是你的了，别忘了，命也是你的。"

奇妙的方向盘，转动时世界便绕着你转动，静止时，公路便平直如一条分发线。前面的风景为你剖开，后面的背景呢，便在反光镜中缩成微小，更微小的幻影。时速上了七十英里，反光镜中分巷的白虚线便疾射而去如空战时机枪连闪的子弹，万水千山，记忆里，漫漫的长途远征全被魔幻的反光镜收了进去，再也不放出来了。"欢迎进入内布拉斯卡""欢迎来加利福尼亚""欢迎来内华达"，闯州穿郡，记不清越过多少条边界，多少道税关。高速令人兴奋，因为那纯是一个动的世界，挡风玻璃是一望无餍的窗子，光景不息，视域无限，油门大开时，直线的超级大道变成一条巨长的拉链，拉开前面的远景蜃楼摩天绝壁拔地倏忽都削面而逝成为车尾的背景被拉链又拉拢。高速，使整座雪山簇簇的白峰尽为你回头，千顷平畴旋成车轮滚滚的辐辏。春去秋来，多变的气象在挡风窗上展示着神的容颜：风沙雨露和冰雪，烈日和冷月，沙漠里的飞蓬，草原夏夜密密麻麻的虫尸，扑面踹来大卡车轮隙踢起的卵石，这一切，都由那一方弧形的大玻璃共同承受。

从海岸到海岸，从极东的森林洞（Woods Hole）浸在大西洋的寒碧到太平洋暖潮里浴着的长堤，不断的是我的轮印横贯新大陆。坦荡荡四巷并驱的大道自天边伸来又没向天边。美利坚，卷不尽展不绝一幅横轴的山水只为方向盘后面的远眺之目而舒放。现代的徐霞客坐游异域的烟景，为我配音的不是古典的马蹄嘚嘚风帆飘飘，是八汽缸引擎轻快的低吟。

二十轮轰轰地翻滚，体格修长而魁梧的铝壳大卡车，身长数倍于一辆小轿车，超它时全身的神经紧缩如猛收一张网，胃部隐隐地痉挛，两车并驰，就像在狭长的悬崖上和一匹犀牛赛跑，真是疯狂。一时小车惊窜于左，重吨的货柜车奔腾而咆哮于右，右耳太浅，怎盛得下那样一旋涡的骚音？一九六五年初，一个苦寒凛冽的早晨，灰白迷蒙的天色像一块毛玻璃，道奇小车载我自芝加哥出发，碾着满地的残雪碎冰，一日七百英里的长征，要赶回盖提斯堡去。出城的州际公路上，遇上了重载的大货车队，首尾相衔，长可半英里，像一道绝壁蔽天水声震耳的大峡谷。不由分说，将我夹在缝里，挟持而去。就这样一直对峙到印第安纳州境，车行渐稀，才放我出峡。

后来驶车日久，这样的超车也不知经历过多少次了，浑不觉二十轮卡车有多威武，直到前几天，在香港的电视上看到了斯皮尔伯格导演的悚栗片《决斗》（*Duel*）。一位急于回家的归客，在野外公路上超越一辆庞然巨物的油车，激怒了高踞驾驶座上的隐身司机，油车变成了金属的恐龙怪兽，挟其邪恶的暴力盲目地冲刺，一路上天崩地塌火杂杂衔尾追来。反光镜里，惊瞥赫现那油车的车头已经是一头狂兽，而一进隧道，车灯亮起，可骇目光灼灼黑凛凛一尊妖牛。看过斯皮尔伯格后期作品《大白鲨》，就知道在《决斗》里，他是把那辆大油车当作一匹猛兽来处理的，但它比大白鲨更凶顽更神秘，更令人分泌肾上腺素。

香港是一个弯曲如爪的半岛，旁边错落着许多小岛，地形分割而公路狭险，最高的时速不过五十英里，一般时速都在四十英里以下，再好的车再强大的马力也不能放足驰骤。低速的大埔路上，蜗步在一串慢车的背影之后，常想念美国中西部大平原和西南部沙漠里，天高路邈，一车绝尘，那样无阻的开阔空旷。虽说能源的荒年，美国把超级公路的限速降为每小时五十五英里，去年八月我驶车在南加州，时速七十英里，也未闻警笛长啸来追逐。

更念烟波相接，一座多雨的岛上，多少现代的愚公，亚热带小阳春的艳阳下在移山开道，开路机的履带轧轧，铲土机的巨螯孔武地举起，起重机碌碌地滚着辘轳，为了铺一条巨毡从基隆到高雄，迎接一个新时代的驶来。那样壮阔的气象，四衢无阻，千年齐毂并驰的路景，郑成功、吴凤没有梦过，阿眉族、泰耶鲁族的民谣从不曾唱过。我要拣一个秋晴的日子，左窗亮着金艳艳的晨曦，从台北出发，穿过牧神最绿最翠的辖区，腾跃在世界最美丽的岛上；而当晚从高雄驰回台北，我要驰限速甚至纵一点超速，在亢奋的脉搏中，写一首现代诗歌咏带一点汽油味的牧神，像陶潜和王维从未梦过的那样。

更大的愿望，是在更古老更多回声的土地上驰骋。中国最浪漫的一条古驿道，应该在西北。最好是细雨霏霏的黎明，从渭城出发，收音机天线上系着依依的柳枝。挡风窗上犹浥着轻尘，而渭城已渐远，波声渐渺。甘州曲，凉州词，阳关三叠的节拍里车向西北，琴音诗韵的河西孔道，右边是古长城的雉堞隐隐，左边是青海的雪峰簇簇，白耀天际，我以七十英里高速驰入张骞的梦高适岑参的世界，轮印下重重叠叠多少古英雄长征的蹄印。

一九七七年一月

/余光中散文精选/

凭一张地图

海外旅行，最便捷的方式当然是乘飞机，但我最喜欢的还是自己开车，只要公路网所及之处，凭一张精确而美丽的地图，凭着旁座读地图的伴侣，我总爱开车去游历。只要神奇的方向盘在手，天涯海角的名胜古迹都可以召来车前。

石城之行

　　一九五七年的雪佛兰小汽车以每小时七十英里的高速在爱荷华的大平原上疾驶。

　　北纬四十二度的深秋，正午的太阳以四十余度的斜角在南方的蓝空滚着铜环，而金黄色的光波溢进玻璃窗来，抚我新剃过的脸。我深深地饮着飘过草香的空气，让北美成熟的秋注满我多东方回忆的肺叶。是的，这是深秋，亦即北佬们所谓的"小阳春"（Indian Summer），下半年中最值得留恋的好天气。不久寒流将从北极掠过加拿大的平原南侵，那便是戴皮帽、穿皮衣、着长统靴子在雪中挣扎的日子了。而此刻，太阳正凝望平原上做着金色梦的玉蜀黍们；奇迹似的，成群的燕子在晴空中呢喃地飞逐，老鹰自地平线升起，在远空打着圈子，觊觎人家白色栅栏里的雏鸡，或者是安格尔教授告诉我的，草丛里的野鼠。正是万圣节之次日，家家廊上都装饰着画成人面的空南瓜皮。排着禾墩的空田尽处，伸展着一片片缓缓起伏的黄艳艳的阳光，我真想请安格尔教授把车停在路边，让我去那上面狂奔，乱嚷，打几个滚，最后便仰卧在上面晒太阳，睡一个童话式的午睡。真的，十年了，我一直想在草原的大摇篮上睡觉。我一直羡慕塞拉的名画《星期日午后的大碗岛》中懒洋洋地斜靠在草地上幻想的法国绅士，羡慕以抒情诗的节奏跳跳蹦蹦于其上的那个红衣小女孩。我更羡慕鲍罗丁在音乐中展露的那种广阔，那种柔和而奢侈的安全感。然而东方人毕竟是东方人，我自然没有把这思想告诉安格尔教授。

东方人确实是东方人。喏，就以坐在我左边的安格尔先生来说，他今年已经五十开外，出版过一本小说和十六本诗集，做过哈佛大学的教授，且是两个女儿的爸爸了；而他，戴着灰格白底的鸭舌小帽，穿套头的毛线衣、磨得发白的蓝色工作裤和（在中国只有中学生才穿的）球鞋。比起他来，我是"绅士"得多了，眼镜，领带，皮大衣，笔挺的西装裤加上光亮的黑皮鞋，使我觉得自己不像是他的学生。从反光镜中，我不时瞥见后座的安格尔太太、莎拉和小花狗克丽丝。看上去，安格尔太太也有五十多岁了。莎拉是安格尔的小女儿，十五岁左右，面貌酷似爸爸——淡金色的发自在地垂落在颈后，细直的鼻子微微翘起，止于鼻尖，形成她顽皮的焦点，而脸上，美国小女孩常有的雀斑是免不了的。后排一律是女性，小花狗克丽丝也不例外。她大概很少看见东方人，几度跳到前座来和我挤在一起，斜昂着头打量我，且以冰冷的鼻尖触我的颈背。

昨夜安格尔教授打电话给我。约我今天中午去"郊外"一游。当时我也不知道他们所谓的"郊外"是指何处，自然答应了下来。而现

43

在，我们在平直的公路上疾驶了一个多小时，他们还没有停车的意思。自然，老师邀你出游，那是不好拒绝的。我在"受宠"之余，心里仍不免怀着鬼胎，正觉"惊"多于"宠"。他们所谓请客，往往只是吃不饱的"点心"。正如我上次在他们家中经验过的一样——两片面包，一块牛油，一盘番茄汤，几块饼干。那晚回到宿舍"四方城"中，已是十一点半，要去吃自助餐已经太迟，结果只饮了一杯冰牛奶，饿了一夜。

"保罗，"安格尔太太终于开口了，"我们去安娜摩莎（Anamosa）吃午饭罢。我好久没去看玛丽了。"

"哦，我们还是直接去石城好些。"

"石城"（Stone City）？这地名好熟！我一定在哪儿听过，或是看过这名字。只是现在它已漏出我的记忆之网。

"哦，保罗，又不远，顺便弯一弯不行吗？"安格尔太太坚持着。

"O please, Daddy!"莎拉在思念她的好朋友琳达。

安格尔教授OK了一声，把车转向右方的碎石子路。他的爱女儿是有名的。他曾经为两个女儿写了一百首十四行诗，出版了一个单行本《美国的孩子》（American Child）。莎拉爱马，他以一百五十元买了一匹小白马。莎拉要骑马参加爱荷华大学"校友回校大游行"，父亲巴巴地去二十英里外的俄林（Olin）借来一辆拖车，把小白马载在拖车上，运去游行的广场，因为公路上是不准骑马的。可是父母老后，儿女是一定分居的。老人院的门前，经常可以看见坐在靠椅上无聊地晒着太阳的老人。这景象在中国是不可思议的。我曾看见一位七十五岁（一说已八十）步态蹒跚的老工匠独住在一座颇大的空屋中，因而才了解佛洛斯特（Robert Frost）《老人的冬夜》一诗的凄凉意境。

不过那次的游行是很有趣味的。平时人口仅及二万八千的爱荷华城，当晚竟挤满了五万以上的观众——有的自西达拉匹兹（Cedar Rapids）赶来，有的甚至来自三百英里外的芝加哥。数英里长的游行行列，包括竞选广告车，赛美花车，老人队，双人脚踏车队，单轮脚踏车，密西西比河上的古画舫，开辟西部时用的老火车，以及四马拉的旧马车，最精彩的是老爷车队，爱荷华州一九二〇年以前的小汽车全部都出动了。一时街上火车尖叫，汽船鸣笛，古车蹒跚而行，给人一种时间的错觉。百人左右的大乐队间隔数十丈便出现一组，领先的女孩子，在华氏四十几度的寒夜穿着短裤，精神抖擞地舞着指挥杖，踏着步子。最动人的一队是"苏格兰高地乐队"（The Scottish Highlanders），不但阵容壮大，色彩华丽，音乐也最悠扬。一时你只见花裙和流苏飘动，鼓号和风笛齐鸣，那嘹亮的笛声在空中回荡又回荡，使你怅然想起司各特的传奇和彭斯的民歌。

汽车在一个小镇的巷口停了下来，我从古代的光荣梦中醒来。向一只小花狗吠声的方向望去，一座小平房中走出来一对老年的夫妻欢迎客人。等到大家在客厅坐定后，安格尔教授遂将我介绍给鲍尔先生及太太。鲍尔先生头发已经花白,望上去有五十七八的年纪,以皱纹装饰成的微笑中有一影古远的忧郁,有别于一般面有得色、颐有余肉的典型美国人。他听安格尔教授说我来自台湾,眼中的浅蓝色立刻增加了光辉。他说二十年前曾去过中国,在广州住过三年多;接着他讲了几句迄今犹能追忆的广东话,他的目光停在虚空里,显然是陷入往事中了。在地球的反面,在异国的深秋的下午,一位碧瞳的老人竟向我娓娓而谈中国,流浪者的乡愁是很重很重了。我回想在香港的一段日子,那时母亲尚健在……

莎拉早已去后面找小朋友琳达去了,安格尔教授夫妇也随女主人去地下室取酒。

主客的寒暄告一段落,一切落入冷场。我的眼睛被吸引到墙上的一幅翻印油画:小河、小桥、近村、远径、圆圆的树,一切皆呈半寐状态,梦想在一片童话式的处女绿中;稍加思索,我认出那是美国已故名画家伍德(Grant Wood,1892—1942)的名作《石城》(Stone City)。在国内,我和咪也有这么一小张翻版,两人都说这画太美了,而且静得出奇,当是出于幻想。联想到刚才车上安格尔教授所说的"石城",我不禁因吃惊而心跳了。这时安格尔教授已回到客厅里,发现我投向壁上的困惑的眼色,朝那幅画瞥了一眼,说:"这风景正是我们的目的地。我们在石城有一座小小的夏季别墅,好久没有人看守,今天特别去看一看。"

我惊喜未定,鲍尔先生向我解释,伍德原是安格尔教授的好友,生在本州的西达拉匹兹，曾在爱荷华大学的艺术系授课，这幅《石城》便是伍德从安格尔教授的夏屋走廊上远眺石城镇所作。

匆匆吃过"零食"式的午餐，我们别了鲍尔家人。继续开车向石城疾驶。随着沿途树影的加长，我们渐渐接近了目的地。终于在转过第三个小山坡时，我们从异于伍德画中的角度眺见了石城。河水在斜阳下反映着淡郁郁的金色，小桥犹在，只是已经陈旧剥落，不似画中那么光彩。啊，磨坊犹在，丛树犹在，但是一切都像古铜币一般，被时间磨得黯淡多了；而圆浑的山峦顶上，只见半黄的草地和凌乱的禾墩，一如黄金时代的余灰残烬。我不禁失望了。

"啊，春天来时，一切都会变的。草的颜色比画中的还鲜！"安格尔教授解释说。

转眼我们就驶行于木桥上了；过了小河，我们渐渐盘上坡去，不久，河水的淡青色便蜿蜒在俯视中了。到了山顶，安格尔教授将车停在别墅的矮木栅门前。大家向夏屋的前门走去，忽然安格尔太太叫出声来，原来门上的锁已经给人扭坏。进了屋去，过道上、客厅里、书房里，到处狼藉着破杯、碎纸，分了尸的书，断了肢的玩具，剖了腹的沙发椅垫，凌乱不堪，有如兵后劫余。安格尔教授一耸哲学式的两肩，对我苦笑。莎拉看见她的玩具被毁，无言地捡起来捧在手里。安格尔太太绝望地诉苦着，拾起一件破家具，又丢下另一件。

"这些野孩子！这些该死的野孩子！"

"哪里来的野孩子呢？你们不能报警吗？"

"都是附近人家的孩子,中学放了暑假,就成群结党,来我们这里胡闹、作乐、跳舞、喝酒。"说着她拾起一只断了颈子的空酒杯,"报警吗?每年我们都报的,有什么用处呢?你晓得是谁闯进来的呢?"

"不可以请人看守吗?"我又问。

"噢,那太贵了,同时也没有人肯做这种事啊!每年夏天,我们只来这里住三个月,总不能雇一个人来看其他的九个月啊。"

接着安格尔太太想起了楼上的两大间卧室和一间客房,匆匆赶了上去,大家也跟在后面。凌乱的情形一如楼下:席梦思上有污秽的足印,地板上横着钓竿、滚着开口的皮球。嗟叹既毕,她也只好颓然坐了下来。安格尔教授和我立在朝西的走廊上,倚栏而眺。太阳已经在下降,暮霭升起于黄金球和我们之间。从此处俯瞰,正好看到画中的石城。自然,在艺术家的画布上,一切皆被简化、美化,且重加安排,经过想象的沉淀作用了。安格尔教授告诉我说,当初伍德即在此廊上支架作画,数易其稿始成。接着他为我追述伍德的生平,说格兰特(Grant,伍德之名)年轻时不肯做工,作画之余,成天闲逛,常常把胶水贴成的纸花献给女人,不久那束花便散落了;或者教小学生把灯罩做成羊皮纸手稿的形状。可是爱荷华的人都喜欢他,朋友们分钱给他用,古玩店悬卖他的作品,甚至一位百万财主也从老远赶来赴他开的波希米亚式的晚会——他的卧室是一家殡仪馆的老板免费借用的。可是他鄙视这种局限于一隅的声名,曾经数次去巴黎,想要征服艺术的京都。然而巴黎是不容易征服的，你必须用巴黎没有的东西去征服巴黎；而伍德只是一个模仿者，他从印象主义一直学到抽象主义。他在塞纳路租了一间画展室，展出自己的三十七幅风景，但是批评界始终非常冷淡。在第四次游欧时，他从十五世纪的德国原始派那种精确而细腻的乡土风物画上，悟出他的艺术必须以自己的故乡，以美国的中西部为对象。赶回爱荷华后，他开始创造一种朴实、坚厚而又经过艺术简化的风格，等到《美国的哥特式》一画展出时，批评界乃一致承认他的艺术。不过，这幅《石城》应该仍属他的比较"软性"的作品，不足以代表他的最高成就，可是一种迷人的纯真仍是难以抗拒的。

"格兰特已经死了十七年了，可是对于我，他一直坐在这长廊上，做着征服巴黎的梦。"

橙红色的日轮坠向了辽阔的地平线，秋晚的凉意渐浓。草上已经见霜，薄薄的一层，但是在我，已有十年不见了。具有图案美的柏树尖上还流连着淡淡的夕照，而脚底下的山谷里，阴影已经在扩大。不知从什么地方响起一两声蟋蟀的微鸣，但除此之外，鸟声寂寂，四野悄悄。我想念的不是亚热带的岛，而是嘉陵江边的一座古城。

归途中，我们把落日抛向右手，向南疾驶。橙红色弥留在平原上，转眼即将消灭。天空蓝得很虚幻，不久便可以写上星座的神话了。我们似乎以高速梦游于一个不知名的世纪，而来自东方的我，更与一切时空的背景脱了节，如一缕游丝，完全不着边际。

一九五八年十一月于爱荷华城

凭一张地图

一百八十年前，苏格兰的文豪卡莱尔从家乡艾克雷夫城（Ecclefechan）徒步去爱丁堡上大学，八十四英里的路程，足足走了三天。七月底我在英国驾车旅行，循着卡莱尔古老的足印，他跋涉三天的长途，我三小时就到了。凡在那一带开过山路的人都知道，那一条路，三天就徒步走完，绝非易事，不由得我不佩服卡莱尔的体力与毅力。凭那样的毅力，也难怪他能在《法国革命》一书的原稿被焚之后，竟然再写一次。

海外旅行，最便捷的方式当然是乘飞机，但是机票太贵。机窗外面只见云来雾去，而各国的机场也都大同小异。飞机只是蜻蜓点水，要看一个国家，最好的办法还是乘火车、汽车、单车。不过火车只停大站，而且受制于时间表，单车呢，又怕风雨，而且不堪重载。我最喜欢的还是自己开车，只要公路网所及之处，凭一张精确而美丽的地图，凭着旁座读地图的伴侣，我总爱开车去游历。只要神奇的方向盘在手，天涯海角的名胜古迹都可以召来车前。

十三年前的仲夏我在澳洲，想从沙漠中央的孤城爱丽丝泉（Alice Springs）租车去看红岩奇景。那时我驾驶的经验只限于美国，但是澳洲和英国一样，驾驶座是在右边。一坐上租来的车子，左右相反，顿觉天旋地转，无所适从，只好退车。在香港开车八年，久已习于右座驾驶，所以今夏去西欧开车，时左时右，再也难不倒我。

飞去巴黎之前，我在香港买了西欧的火车月票。凭了这种颇贵的长期车票（Eurail pass），我可以在西欧各国随时搭车，坐的是头等车厢，而且不计路程的远近。二十六岁以下的青年也可以买这种长期票，价格较低，但是只能坐二等。所以在西班牙和法国旅行时，我尽量搭乘火车。火车不便的地方，就租车来开，因此不少偏僻的村镇，我都去过。英国没有加入西欧这种长期票的组织，我在英国旅行，就完全自己开车。

在西欧租车，相当昂贵，租费不但按日计算，还要按照里数。且以两千毫升的中型车为例，在西班牙每天租金是五千西币（peseta，每二十西币值港币一元），每开一公里再收四十五西币，加上保险和汽车，就很贵了。在法国租这样一辆车，每天收二百法郎（约合一百七十港币），每公里再收二法郎，比西班牙稍微便宜。问题在于：按里收费，就开不痛快。如果像美国人那样长途开车，平均每天三百英里，即四百八十公里，单以里程来计，每天就接近一千法郎了。

幸好英国跟美国一样大方，租车只计日数，不计里数，所以我在英国开车，不计山长水远，最是意气风发。路远，当然多耗汽油，可是比起按里收费来，简直不算什么。伦敦的租车业真是洋洋大观，电话簿的"黄页"一连百多家车行。你可以连车带司机一起租，那车，当然是极奢华的劳斯莱斯或者戴姆勒。你也可以把车开去西欧各国。甚至你可以预先租好，一下飞机就有车可开。我在英国租了一辆快意（Fiat Regata），八天内开了一千三百英里，只收二百三十英镑，比在西班牙和法国便宜得多。

伦敦租车行的漂亮小姐威胁我说："你开车出伦敦，最好有人带路，收费五镑。"我不服气道："纽约也好，芝加哥也好，我都随便进进出出，怕什么伦敦？"她把伦敦市街的详图向我一折又一折地摊开，盖没了整个大桌面，咬字清晰地说道："哪，这是伦敦！大街小巷两千多条，弯的多，直的少，好多还是单行道。至于路牌嘛，只告诉你怎么进城，不告诉你怎么出城。你瞧着办吧，开不出城把车丢在半路的顾客，多的是。"

我怔住了，心想这伦敦恐怕真是难缠，便沉吟起来。第二天车行派人来交车，我果然请她带我出城，在去牛津的路边停下车来，从我手上接过五镑钞票，告别而去。我没有说错，来交车的是一个"她"，不是"他"。我在旅馆的大厅里站了足足十分钟，等一个彪形的司机出现。最后那司机开口了："你是余先生吗？"竟是一位清秀的中年太太。我冲口说："没想到是一位女士。"她笑道："应该是男士吗？"

在西欧开车,许多地方不如在美国那么舒服。西欧纬度高,夏季短,汽车大半没有冷气,只能吹风,太阳一出来,车厢里就觉得燠热。公路两旁的休息站很少,加油也不太方便。路牌矮而小,往往是白底黑字,字体细瘦,不像美国的那样横空而起,当顶而过,巨如牌坊。英国公路上两道相交,不像美国那么豪华,大造其四叶苜蓿(clover-leaf)的立体花桥,只用一个圆环来分道,车势就缓多了。长途之上绝少广告牌,固然山水清明,游目无碍,久之却也感到寂寥,好像已经驶出了人间。等到暮色起时,也找不到美式的汽车客栈。

一九八五年九月

西欧的夏天

旅客似乎是十分轻松的人，实际上却相当辛苦。旅客不用上班，却必须受时间的约束；爱做什么就做什么，却必须受钱包的限制；爱去哪里就去哪里，却必须把几件行李蜗牛壳一般带在身上。旅客最可怕的噩梦，是钱和证件一起遗失，沦为来历不明的乞丐。旅客最难把握的东西，便是气候。

我现在就是这样的旅客。从西班牙南端一直旅行到英国的北端，我经历了各样的气候，已经到了寒暑不侵的境界。此刻我正坐在中世纪达豪士古堡（Dalhousie Castle）改装的旅馆里，为"隔海书"的读者写稿，刚刚黎明，湿灰灰的云下是苏格兰中部荒莽的林木，林外是隐隐的青山。晓寒袭人，我坐在厚达尺许的石墙里，穿了一件毛衣。如果要走下回旋长梯像走下古堡之肠，去坡下的野径漫步寻幽，还得披上一件够厚的外套。

从台湾的定义讲来，西欧几乎没有夏天。昼蝉夜蛙，汗流浃背，是台湾的夏天。在西欧的大城，例如巴黎和伦敦，七月中旬走在阳光下，只觉得温暖舒适，并不出汗。西欧的旅馆和汽车，例皆不备冷气，因为就算天热，也是几天就过去了，值不得为避暑费事。我在西班牙、法国、英国各地租车长途旅行，其车均无冷气，只能扇风。

巴黎的所谓夏天，像是台北的深夜，早晚上街，凉风袭时，一件毛衣还不足御寒。如果你走到塞纳河边，风力加上水汽，更需要一件风衣才行。下午日暖，单衣便够，可是一走到楼影或树荫里，便嫌单衣太薄。地面如此，地下却又不同。巴黎的地车比纽约、伦敦、马德里的都好，却相当闷热，令人穿不住毛衣。所以地上地下，穿穿脱脱，也颇麻烦。七月在巴黎的街上，行人的衣装，从少女的背心短裤到老妪的厚大衣，四季都有。七月在巴黎，几乎天天都是晴天，有时一连数日碧空无云，入夜后天也不黑下来，只变得深洞洞的暗蓝。巴黎附近无山，城中少见高楼，城北的蒙马特也只是一个矮丘，太阳要到九点半才落到地平线上，更显得昼长夜短，有用不完的下午。不过晴天也会突来霹雳；七月十四日法国国庆那天上午，密特朗总统在香榭丽舍大道主持阅兵盛典，就忽来一阵大雨，淋得总统和军乐队狼狈不堪。电视的观众看得见雨气之中，乐队长的指挥杖竟失手落地，连忙俯身拾起。

法国北部及中部地势平坦，一望无际，气候却有变化。巴黎北行一小时至里昂，就觉得冷些；西南行两小时至露娃河中流，气候就暖得多，下午竟颇燠热，不过入夜就凉下来，星月异常皎洁。

再往南行入西班牙，气候就变得干暖。马德里在高台地的中央，七月的午间并不闷热，入夜甚至得穿毛衣。我在南部安达卢西亚地区及阳光海岸（Costa del Sol）开车，一路又干又热，枯黄的草原，干燥的石堆，大地像一块烙饼，摊在酷蓝的天穹之下，路旁的草丛常因干燥而起火，势颇惊人。可是那是干热，并不令人出汗，和台湾的湿闷不同。

英国则趋于另一极端，显得阴湿，气温也低。我在伦敦的河堤区住了三天，一直是阴天，下着间歇的毛毛雨。即使破晓时露一下朝暾，早餐后天色就阴沉下来了。我想英国人的灵魂都是雨蕈，撑开来就是一把黑伞。与我存走过滑铁卢桥，七月的河风吹来，水气阴阴，令人打一个寒噤，把毛衣的翻领拉起，真有点魂断蓝桥的意味了。我们开车北行，一路上经过塔尖如梦的牛津，城楼似幻的勒德洛（Ludlow），古桥野渡的蔡斯特（Chester），雨云始终罩在车顶，雨点在车窗上也未干过，销魂远游之情，不让陆游之过剑门。进入肯布瑞亚的湖区之后，遍地江湖，满空云雨，偶见天边绽出一角薄蓝，立刻便有更多的灰云挟雨遮掩过来。真要怪华兹华斯的诗魂小气，不肯让我一窥他诗中的晴美湖光。从我一夕投宿的鹰头（Hawkshead）小店栈楼窗望出去，沿湖一带，树树含雨，山山带云，很想告诉格拉斯米教堂墓地里的诗翁，我国古代有一片云梦大泽，也出过一位水汽逼人的诗宗。

南半球的冬天

飞行袋鼠"旷达士"（Qantas）才一展翅，偌大的新几内亚，怎么竟缩成两只青螺，大的一只，是维多利亚峰，那么小的一只，该就是塞克林峰了吧。都是海拔万尺以上的高峰，此刻，在"旷达士"的翼下，却纤小可玩，一簇黛青，娇不盈握，虚虚幻幻浮动在水波不兴一碧千里的"南溟"之上。不是水波不兴，是"旷达士"太旷达了，俯仰之间，忽已睥睨八荒，游戏云表，遂无视于海涛的起起伏伏了。不到一杯橙汁的工夫，新几内亚的郁郁苍苍，倏已陆沉，我们的老地球，所有故乡的故乡，一切国恨家仇的所依所托，顷刻之间都已消逝。

所谓地球，变成了一只水球，好蓝好美的一只水球，在好不真实的空间好缓好慢地旋转，昼转成夜，春转成秋，青青的少年转成白头。故国神游，多情应笑我早生华发。水汪汪的一只蓝眼睛，造物的水族馆，下面泳多少鲨多少鲸，多少亿兆的鱼虾在暖洋洋的热带海中悠然摆尾，多少岛多少屿在高更的梦史蒂文森的记忆里午寐，鼾声均匀。只是我的想象罢了,那澄蓝的大眼睛笑得很含蓄,可是什么秘密也没有说。古往今来,她的眼里该只有日起日落,星出星没,映现一些最原始的抽象图形。留下我,上扪无天,下临无地,一只"旷达士"鹤一般地骑着,虚悬在中间。头等舱的邻座,不是李白,不是苏轼,是双下巴大肚皮的西方绅士。一杯酒握着,不知该邀谁对饮。

有一种叫作云的骗子,什么人都骗,就是骗不了"旷达士"。"旷达士",一飞冲天的现代鹏鸟,经纬线织成密密的网,再也网它不住。北半球飞来南半球,我骑在"旷达士"的背上,"旷达士"骑在云的背上。飞上三万英尺的高空,云便留在下面,制造它骗人的气候去了。有时它层层叠起,雪峰竞拔,冰崖争高,一望无尽的皑皑,疑是西藏高原雄踞在世界之脊。有时它皎如白莲,幻开千朵,无风的岑寂中,"旷达士"翩翩飞翔,入莲出莲,像一只恋莲的蜻蜓。仰望白云,是人,俯玩白云,是仙。仙在常中观变,在阴晴之外观阴晴,仙是我。哪怕是幻觉,哪怕仅仅是几个时辰。

"旷达士"从北半球飞来,五千里的云驿,只在新几内亚的南岸息一息羽毛。摩尔斯比(Port Moresby)浸在温暖的海水里,刚从热带的夜里醒来,机场四周的青山和遍山的丛林,晓色中,显得生机郁勃,绵延不尽。机场上见到好多巴布亚的土人,肤色深棕近黑,阔鼻,厚唇,凹陷的眼眶中,眸光炯炯探人,很是可畏。

从新几内亚向南飞,下面便是美丽的珊瑚海(Coral Sea)了,太平洋水,澈澈澄清,浮云开处,一望见底,见到有名的珊瑚礁,绰号"屏藩大礁"（Great Barrier Reef），迤迤逦逦，零零落落，系住澳洲大陆的东北海岸，好精巧的一条珊瑚带子。珊瑚是浅红色，珊瑚礁呢，说也奇怪，却是青绿色。开始我简直看不懂。双层玻璃的机窗下，奇迹一般浮现一块小岛，四周湖绿，托出中央的一方翠青。正觉这小岛好漂亮好有意思，前面似真似幻，竟又浮来了一块，形状不同，青绿色泽的配合大致相同。猜疑未定，远方海上又出现了，不是一个，而是一群，长的长，短的短，不规不则得乖乖巧巧，玲玲珑珑，那样讨人喜欢的图案层出不穷，令人简直不暇目迎目送。诗人侯伯特（George Herbert）说：

色泽鲜丽
令仓促的观者拭目重看

惊愕间，我真的揉揉眼睛，被香港的红尘吹翳了的眼睛，仔细再看一遍，不是岛！青绿色的圆形是平铺在水底，不是突出在水面。啊，我知道了，这就是闻名世界的所谓"屏藩大礁"了。透明的柔蓝中漾现变化无穷的青绿群礁，三种凉凉的颜色配合得那么谐美而典雅，织成海神最豪华的地毯。数百丛的珊瑚礁，检阅了一个多小时才看完。

如果我是人鱼，一定和我的雌人鱼，选这些珊瑚为家。风平浪静的日子，和她并坐在最小的一丛礁上，用一只大海螺吹起德彪西袅袅的曲子，使所有的船都迷了路。可是我不是人鱼，甚至也不是飞鱼，因为"旷达士"要载我去袋鼠之邦，食火鸡之国，访问七个星期，去会见澳洲的作家、画家、学者，参观澳洲的学府、画廊、音乐厅、博物馆。不，我是一位访问的作家，不是人鱼。正如普罗夫洛克所说，我不是尤利西斯，女神和雌人鱼不为我歌唱。

越过童话的珊瑚海，便是浅褐土红相间的荒地，澳大利亚庞然的体魄在望。最后我看见一个港，港口我看见一座城，一座铁桥黑虹一般架在港上，对海的大歌剧院蚌壳一般张着复瓣的白屋顶，像在听珊瑚海人鱼的歌吟。"旷达士"盘旋扑下，倾侧中，我看见一排排整齐的红砖屋，和碧湛湛的海水对照好鲜明。然后是玩具的车队，在四巷的高速公路上流来流去。然后机身辘辘，"旷达士"放下它蜷起的脚爪，触地一震，悉尼到了。

但是悉尼不是我的主人，澳大利亚的外交部，在西南方二百英里外的山区等我。"旷达士"把我交给一架小飞机，半小时后，我到了澳洲的京城堪培拉。堪培拉是一个计划都市，人口目前只有十四万，但是建筑物分布既稀且广，发展的空间非常宽大。圆阔的草地，整洁的车道，富于线条美的白色建筑，把曲折多姿回环成趣的柏丽·格里芬湖围在中央。神造的全是绿色，人造的全是白色。堪培拉是我见过的都市中，最清洁整齐的一座白城。白色的迷宫。国会大厦、水电公司、国防大厦、联鸣钟楼、国立图书馆，无一不白。感觉中，堪培拉像是用积木，不，用方糖砌成的理想之城。在我五天的居留中，街上

南半球的冬天

从未见到一片垃圾。

我住在澳洲国立大学的招待所,五天的访问,日程排得很满。感觉中,许多手向我伸来,许多脸绽开笑容,许多名字轻叩我的耳朵,缤缤纷纷坠落如花,我接受了沈"大使"及夫人、章德惠"参事"、澳洲外交部、澳洲国立大学亚洲研究所、澳洲作家协会、堪培拉高等教育学院等等的宴会;会见了名诗人侯普(A.D.Hope)、康波(David Campbell)、道布森(Rosemary Dobson)和布礼盛顿(R.F.Brissenden);接受了澳洲总督海斯勒克爵士(Sir Paul Hasluck)、沈"大使"、诗人侯、诗人布礼盛顿及柳存仁教授的赠书,也将自己的全部译著赠送了一套给澳洲国立图书馆,由东方部主任王省吾代表接受;聆听了堪培拉交响乐队;接受了《堪培拉时报》的访问;并且先后在澳洲国立大学的东方学会与英文系发表演说。这一切,当在较为正式的《澳洲访问记》一文中,详加分述,不想在这里多说了。

"旷达士"猛一展翼,十小时的风云,便将我抖落在南半球的冬季。堪培拉的冷静、高亢,和香港是两个世界。和台湾是两个世界。堪培拉在南半球的纬度,相当于济南之在北半球。中国的诗人很少这么深入"南蛮"的。《大招》的诗人早就警告过:"魂乎无南!南有炎火千里,蝮蛇蜒只。山林险隘,虎豹蜿只。鰅鱅短狐,王虺骞只。魂乎无南,蜮伤躬只!"柳宗元才到柳州,已有万死投荒之叹。韩愈到潮州,苏轼到海南岛,歌哭一番,也就北返中原去了。谁会想到,深入南荒，越过赤道的炎火千里而南，越过南回归线更南，天气竟会寒冷起来，赤火炎炎，会变成白雪凛凛，虎豹蜿只，会变成食火鸡、袋鼠和攀树的醉熊？

从堪培拉再向南行，科库斯可大山便擎起须发尽白的雪峰，矗立天际。我从北半球的盛夏火鸟一般飞来，一下子便投入了科库斯可北麓的阴影里。第一口气才注入胸中，便将我涤得神清气爽，豁然通畅。欣然，我呼出台北的烟火，香港的红尘。我走下寂静宽敞的林荫大道，白干的尤加利树叶落殆尽，枫树在冷风里摇响炫目的艳红和鲜黄，刹那间，我有在美国街上独行的感觉，不经意翻起大衣的领子。一只红冠翠羽对比明丽无伦的考克图大鹦鹉，从树上倏地飞下来，在人家的草地上略一迟疑，忽又翼翻七色，翩翩飞走。半下午的冬阳里，空气在淡淡的暖意中兀自挟带一股醒人的阴凉之感。下午四点以后，天色很快暗了下来。太阳才一下山，落霞犹金光未定，一股凛冽的寒意早已逡巡在两肘，伺机噬人，躲得慢些，冬夕的冰爪子就会探颈而下，伸向行人的背脊了。究竟是南纬高地的冬季，来得迟去得早的太阳，好不容易把中午烘到五十几度，夜色一降，就落回冰风刺骨的四十度了。中国大陆上一到冬天，太阳便垂垂倾向南方的地平，所以美宅良厦，讲究的是朝南。在南半球，冬日却贴着北天冷冷寂寂无声无嗅地旋转，夕阳没处，竟是西北。到堪培拉的第一天，茫然站在澳洲国立大学校园的草地上，暮寒中，看夕阳坠向西北的乱山丛中。那方向，不正是中国的大陆，乱山外，不正是崦嵫的神话？西北望长安，可怜无数山。无数山。无数海。无数无数的岛。

到了夜里，乡愁就更深了。堪培拉地势高亢，大气清明，正好饱览星空。吐气成雾的寒战中，我仰起脸来读夜。竟然全读不懂！不，这张脸我不认得！那些眼睛啊怎么那样陌生而又诡异，闪着全然不解的光芒好可怕！那些密码奥秘的密码是谁在拍打？北斗呢？天狼呢？怎么全躲起来了，我高贵而显赫的朋友啊？踏的，是陌生的土地，戴的，是更陌生的天空，莫非我误闯到一颗新的星球上来了？

当然，那只是一瞬间的惊诧罢了。我一拭眼睛。南半球的夜空，怎么看得见北斗七星呢？此刻，我站在南十字星座的下面，戴的是一顶簇新的星冕，南十字，古舟子航行在珊瑚海塔斯曼海上，无不仰天顶礼的赫赫华胄，闪闪徽章，澳大利亚人升旗，就把它升在自己的旗上。可惜没有带星谱来，面对这么奥秘幽美的夜，只能赞叹赞叹扉页。

我该去新西兰吗？塔斯曼冰冷的海水对面，白人的世界还有一片土。澳洲已自在天涯，新西兰，更在天涯之外之外。庞然而阔的新大陆，澳大利亚，从此地一直延伸，连连绵绵，延伸到帕斯和达尔文，南岸，封着塔斯曼的冰海，北岸，浸在暖脚的南太平洋里。澳洲人自己诉苦，说，无论去什么国家都太远太遥，往往，向北方飞，骑"旷达士"的风云飞驰了四个小时，还没有跨出澳洲的大门。

美国也是这样。一飞入寒冷干爽的气候，就有一种重践北美大陆的幻觉。记忆，重重叠叠的复瓣花朵，在寒战的星空下反而一瓣瓣绽开了，展开了每次初抵美国的记忆，枫叶和橡叶，混合着街上淡淡汽油的那种嗅觉，那么强烈，几乎忘了童年，十几岁的孩子，自己也曾经拥有一片大陆，和直径千里的大陆性冬季，只是那时，祖国覆盖我像一条旧棉被，四万万人挤在一张大床上，一点也没有冷的感觉。现在，站在南十字架下，背负着茫茫的海和天，企鹅为近，铜驼为远，那样立着，引颈企望着，企望着长安，洛阳，金陵，将自己也立成一头企鹅。只是别的企鹅都不怕冷，不像这一头啊这么怕冷。

怕冷。怕冷。旭日怎么还不升起？霜的牙齿已经在咬我的耳朵。怕冷。三次去美国，昼夜倒轮。南来澳洲。寒暑互易。同样用一枚老太阳，怎么有人要打伞，有人整天用来烘手都烘不暖？而用十字星来烘脚，是一夜也烘不成梦的啊。

四月，在古战场

　　熄了引擎，旋下左侧的玻璃窗，早春的空气遂漫进窗来。岑寂中，前面的橡树林传来低沉而嘶哑的鸟声，在这一带的山里，荡起幽幽的回声。是老鸦呢，他想。他将头向后靠去，闭起眼睛，仔细听了一会，直到他感到自己已经属于这片荒废。然后他推开车门，跨出驾驶座，投入四月的料峭之中。

　　水仙花的四月啊，残酷的四月。已经是四月了，怎么还是这样冷峻，他想，同时翻起大衣的领子。湿甸甸阴凄凄的天气，风向飘忽不定，但风自东南吹来时，潮潮的，嗅得到黛青翻白的海水气味。他果然站定，嗅了一阵，像一头临风昂首的海豹，直到他幻想，海藻的腥气翻动了他的胃。这是外向大西洋岸的山坡地带，也是他来东部后体验的第一个春天。美国孩子们告诉他，春天来齐的时候，这一带的花树将盛放如放烟火，古战场将佩带多彩的美丽。文葩告诉他说，再过一个星期，华盛顿的三千株樱花，即将喷洒出来。文葩又说，沙鱼和曹白鱼正溯波多马克河与塞斯奎汉纳河而上，来淡水中产卵，奇娃妮湖上已然有天鹅在游泳，黑天鹅也出现过两只了。你怎么知道这些的？有一次他问她。文蒨笑了，笑得像一枝洋水仙。我怎么不知道，她说，我在兰开斯特长大的嘛。你是一个乡下女娃娃，他说。

在一座巍然的雕像前站定，他仰起面来，目光扫马背骑士的轮廓而上，止于他翘然的须尖。他踏着有裂纹的大理石，拾级而上。他伸手抚摸石座上的马蹄，青铜的冷意浸冰他的手心，似乎说，这还不是春天。他缩回手，辨认刻在石座上的文字。塞吉维克少将，一八一三年生，一八六四年殁，阵亡于维琴尼亚州，伟大的战士，光荣的公民，可敬的长官。已经一百年了，他想。忽然他涌起一股莫名的冲动，欲攀马尾而跃上马背，欲坐在塞吉维克将军的背后，看十九世纪的短兵相接。毕竟这是一座庞伟的雕塑，马鞍距石座几乎有六英尺，而马尾奋张，青铜凛然，苔藓滑不留手。他几度从马臀上溜了下来，终于疲极而放弃。他颓然跳下大理石座，就势卧倒在草地上。一阵草香袅袅升起，袭向他的鼻孔。他闭上眼睛，贪馋地深深呼吸，直到清爽的草香似乎染碧了他的肺叶。他知道，不久太阳会吸干去冬的潮湿，芳草将占据春的每一个角落。不久，他将独自去抵抗一季豪华的寂寞，在异国，冷眼看热花，看热得可以蒸云煮雾的桃花哪桃花，冷眼看情人们十指交缠的约会。他想象得到，自己将如何浪费昂贵的晴日，独自坐在夕照里，数那边哥特式塔楼的钟声，敲奏又一个下午的死亡。然而春天，史前而又年轻的春天，是不可抗拒的。知更说，春从空中来。鲈鱼说，春从海底来，土拨鼠说，春是从地底日上来的，不信，我掘给你看。伏在已软而犹寒的地上，他相信土拨鼠是对的。把饕餮的鼻子浸在草香里，他静静地匍匐着，久久不敢动弹，为了看成群的麻雀，从那边橡树林和样木顶上啾啾旋舞而下，在墓碑上，在铜像上，在废炮口上作试探性的小憩，终于散落在他四周的草地上，觅食泥中的小虫。他屏息看着，希望有一双柔细而凉的脚爪会误憩在他的背上。不知道那么多青铜的幽灵，是不是和我一样感觉，喜欢春天又畏惧春天，因为春天不属于我们，他想。我的春天啊，我自己的春天在哪里呢？我的春天在淡水河的上游，观音山的对岸。不，我的春天在急湍险滩的嘉陵江上，拉纤的船夫们和春潮争夺寸土，在舵手的鼓声中曼声而唱，插秧的农夫们也在春水田里一呼百应地唱，溜啊溜连溜哟，咿呀呀得喂，海棠花。他霍然记起，菜花黄得晃眼，茶花红得害初恋，营营的蜂吟中，菜花田的浓香熏人欲醉。更美，更美的是江南，江南的春天，江南春。春水碧于天，画船听雨眠。一次在中国诗班上吟到这首词，他的眼泪忍不住滚了出来。他分析给自己听，他的怀乡病中的中国，不在台湾海峡的这边，也不在海峡的那边，而在抗战的歌谣里，在穿草鞋踏过的土地上，在战前朦胧的记忆里，也在古典诗悠扬的韵尾。他对自己说，西北公司的回程翼，夹在绿色的护照里，护照放在棕色的箱中。十四小时的喷射云，他便可以重见中国。然而那不是害他生病害他梦游的中国。他的中国不是地理的，是历史的。他凄楚地，他凄楚地想。

四月的太阳，清清冷冷地照在他的颈背上，若亡母成灰的手。他想。他想。他想。他永远只能一个人想。他不能对那些无忧的美国孩子说，因为他们不懂，因为中国的一年等于美国的一世纪，因为黄河饮过的血扬子江饮过的泪多于他们饮过的牛奶饮过的可口可乐，因为中国的孩子被烽火的烟熏成早熟的熏鱼，周幽王的烽火，卢沟桥的烽火。他只能独咽五十个世纪乘一千万平方公里的凄凉，中秋前夕的月光中，像一只孤单的鸥鸟，他飞来太平洋的东岸。从那时起，他曾经驶过八千多英里，越过九个州界，闯过芝加哥的湖滨大道，纽约的四十二街和百老汇，穿过大风雪和死亡的雾。然而无论去何处，他总是在演独角的哑剧。在漫长而无红灯的四线超级公路上，七十英里时速的疾驶，可以超庞然而长的廿轮卡车，太保式的野豹，雍容华贵的凯迪拉克，但永远摆不脱寂寞的尾巴。十四小时，汉姆莱特的喃喃独白，东半球可有人为他挠耳朵，打喷嚏？偶或驶出冰雪的险境，太阳迎他于邻州的上空，也会逸兴遄飞，豪气干云，朗吟李白的辞白帝或杜甫的下襄阳，但大半总是低吟"西北望长安，可怜无数山！"八千里路的云和月。八千英里路的柏油和水泥。红灯，停。绿灯，行。南北是Avenue，东西是Street，方的是Square，圆的是Circle。他咽下每一英里的紧张与寂寞，他自己一人。他一直盼望，有一对柔美的眼睛，照在他的脸上，有一个圆熟可口的女体，在他的右手的座位，迷路时，为他解地图的蛛网，出险时，为他庆幸，为他笑。

为他笑，他出神地想，且为他流泪，这么一双奇异的眼睛。一只鹰在顶空飞过，幢然的黑影扫他的脸颊。他这才感到，风已息，太阳已出现了好一会了。他想起宓宓，肥沃而多产的宓宓。最肥沃的地方，只要轻轻一挤，就会挤出杏仁汁来。他不禁自得地笑出声来。以前，他时常这么取笑她的。可怜的女孩，他爱惜而歉疚地想。先是一溺纤细而多情的表妹，如是其江南风，一朵瘦瘦的水仙，江南的风中。然后是知己的女友，缠绵的情人，文学的助手，诗的第一位读者。然后是蜜月伤风的新娘，套的是他的指环，用的是他的名字，醒时，在他的双人床上。然后是小袋鼠的母亲，然后是两个，三个，以至于一窝雌白鼠的妈妈。昔日的女孩已经蜕变成今日的妇人了，曾经是袅袅飘逸的，现在变得丰腴而富足，曾经是羞赧而闪烁的，现在变得自如而安详。她已经向舀努瓦画中的女人看齐了，他不断地调侃她。而在他的印象中，她仍是昔日的那个女孩，苍白而且柔弱，抵抗着令人早熟的肺病，梦想着爱情和文学，无依无助，孤注一掷地向他走来，而他不得不张开他的欢迎，且说，我是你的起点和终点，我的名字是你的名字，我的孩子是你的孩子，我会将你的处女地耕耘成幼稚园，我会喂你以爱情，我的桂冠将为你而编！他仍记得，敬义说的，车票和邮票，象征爱情的频率。他仍记得，一个秋末的晴日下午，他送她到台北车站。蓝色长巴士已经曳烟待发。不能吻别，她只能说，假如我的手背是你的上唇，掌心是你的下唇。于是隔着车窗，隔着一幅透明的莫可奈何，她吻自己的手背，又吻自己的掌心。手背。掌心。掌心。这些吻不曾落在他唇上，但深深种在他的意象里，他被这些空中的唇瓣落花了眼睛。

太阳晒得草地蒸出恍惚的热气,鸟雀的翅膀扑打着中午。不久,塞吉维克将军的剑影向他指来。他感到有点胃痛,然后他发现自己伙身在草上已太久,而且有点饿了。已经是晌午了呢,他想。他从草地上站起来,抚摸压上了草印的手掌,并且拍打满身的碎草和破叶。忽然他感到非常饿了,早春的处女空气使他呼吸畅顺,肺叶张翕自如,使他的头脑清醒,身体轻松。一刹那间,他幻想自己一张臂成了一尾潇洒的燕子,剪四月的云于风中,以违警的超速飞回国去。一阵风迎面吹来,他的发扬了起来,新修过的下颌感到一抹清凉。他果然举起两臂,迅步向那边的瞭望塔奔去,直到他稍稍领略到羽族滑翔的快感。然后他俯倚在灰石雉堞上,等待剧喘退潮。松枝的清香沛然注入他腔中,他更饿了,但同时感到四肢富于弹性,腹中空得异常灵利。如果此刻宓宓在塔下向他挥手且奔来,他一定纵下去迎她,迎好雌性胴体全部的冲量。在温燠的阳光中,他幻想她的淡褐之发有一千尺长,让他将整个脸浴在波动的褐流之中。他希望自己永远年轻,永远做她的情人。又要不朽,又要年轻,绝望地,他想。李白已经一千二百六十四岁了。活着,呼吸着,爱着,是好的。爱着,用唇,用臂,用床,用全身的毛孔和血管,不是用韵脚或隐喻。肉体的节奏美于文字的节奏。他对塔下辽阔的古战场大呼,宓宓!宓宓!宓——宓!呼声在万年松之间颤动、回旋,激起一群山鸟,纷纷惊惶地折响黑翼,而两千座铜像和石碑,而四百门黝青的铁炮,而迤逦廿多英里的石堆和木栅,都不能应他的呼声。他们已经死了一个多世纪,一百多个春天都喊他们不应，何况他微弱的呼声。

不朽啊。年轻啊。如果要他做一个抉择，他想，他宁取春天。这是春天。这是古战场。古战场的四月，黑眼眶中开一朵白蔷，碧血灌溉的鲜黄苜蓿。宁为春季的一只蜂，不为历史的一尊塑像。让缪斯嫁给李贺或者嘉尔西亚·洛尔卡，可是你要嫁给我，他想。让冰手的石碑说，这是诗人某某之墓，但是让柔软的床说，现在他是情人。站在瞭望塔的雉堞后，站在浩浩乎夐不见人的古沙场顶点，站在李将军落泪、米德将军仰天祈祷的顶点，新大陆的河山匍匐在他的脚下，四月发育着，在他的脚下，发育着、放射着、流着、爬着、歇着。茫茫的风景，茫茫的眼眸。茫茫的中国啊，茫茫的江南和黄河。三百六十度的，立体大壁画的风景啊，如果你在她的眸里，如果她在我的眸里，他想。中午已经垂直，阳光下，一层淡淡的烟霭自草上自树间漾漾蒸起。成群的鸟雀向远方飞去，向梅苏·狄克生线以南。收回徒然追随的目光，惘然，怅然，他感到非常、非常饥饿。他想起古战场那边的石桥，桥那边的小镇，镇上的林肯方场，方场上，一座三层七瓴的老屋，他的公寓就在顶层，适宜住一个东方的隐士，一个客座教授，一个怀乡的诗人，而更重要的是，冷箱里有烤鸡和香肠，还有半瓶德国啤酒。

南太基

从什么时候起甲板上就有风的，谁也说不清楚。先是拂面如扇，继而浸肘如水，终于鼓腋翩翩欲飞。当然谁也不愿意就这样飞走。满船海客，纷纷披上夹克或毛衫。黄昏也说它冷了。于是有更多的鸥飞过来加班，穿梭不停，像真的要把暝色织成更浓更密的什么。不再浮光耀金，落日的海葬仪式已近尾声，西南方兀自牵着几束马尾，愈曳愈长愈淡薄。收回渺渺之目，这才发现原是庞然而踞的大陆，已经夷然而偃，愈漂愈远，再也追不上来了。红帽子，黄烟囱，这艘三层乳白渡轮，正踏着万顷波纹，施施驶出浮标夹道的水巷，向汪洋。

仍有十几只鸥，追随船尾翻滚的白浪，有时急骤地俯冲，争啄水中的食物。怪可怜的芭蕾舞女，黄喙白羽，洁净而且窈窕，正张开道劲有力的翅膀，循最轻灵最柔美的曲线，在风的背上有节奏地溜冰。风的背很阔，很冰。风的舌有咸水的腥气。乌衣巫的瓶中，夜，愈酿愈浓。北纬四十一度的洋面，仍有一层翳翳的毛玻璃的什么，在抵抗黑暗的冻结。进了公海，什么也摸不到握不着了。我们把自己交给船,船把自己交给虚无,谁也负不了责任的完整无憾的虚无。蓝黝黝的浑沦中,天的茫茫面对海的茫茫,海的茫茫面对的仍是天的茫茫,分辨不清,究竟是天欲掬海,或是海欲溺天。

前甲板风大,乘客陆续移到后甲板来。好几对人影绸缪在那边的角落里。一个年轻的妈妈,抱着幼婴,倚在我左侧的船舷。昏朦中,她的鼻梁仍俏拔地挺出,衬在一张灰白欲溶的脸上。妈妈和婴孩都有略透棕色的金发,母女相对而笑的瞳仁中,映出一些淡淡的波影。一个白发老叟陷在漏空的凉椅内,向自己的烟斗,吞吐恍惚。海客们在各自的绝缘中咀嚼自己的渺小,面对永不可解的天之谜,海之谜,夜之谜。空空荡荡,最单纯的空间和时间最难懂,也最耐读。就像此刻,从此地到好望角到挪威的长长峡湾,多少亿公秉的碧洪咸着同样的咸,从高纬度的防波堤咸到低纬度的船坞,天文数字的鲨、鲸、鲱、鳕和海豚究竟在想些什么?希腊的人鱼老了。西班牙的楼船沉了。海盗在公海上已绝迹,金币未锈,贪婪的眼珠都磨成了珍珠。同样的咸咸了多少世纪,水族们究竟在想些什么?就像此刻,我究竟在想什么?读天,读夜,读海。三本厚厚的空空的书,你读了又读,仍然什么也没有读懂但仍然爱读,即使你念过每一丛珊瑚每一座星。三小时的航程,短暂的也是永恒的过程,从一个海岸到另一个海岸。海岸与海岸间,你伸向过去和未来。把躯体遗在现在,说,陆地不存在,时间静止,空间泯灭,让我从容整理自己的灵魂。因为这只是过渡,逝者已逝,来者犹未来,你是无牵无挂的自己。一切都纯粹而且透明。空间湮灭。时间休止。而且,我实在也很倦了。长沙发陷成软软的盆地,多安全的盆地啊。我想,我实在应该横下去了。

不知道自己究竟睡了多久。只知道醒来时,渡轮的汽笛犹曳着尾音,满港的回声应和着。"南太基到了。"一个中年的美国太太对我笑笑。仓促间,我提起行囊加入下船的乘客,沿着海藻和蛤蜊攀附的浮桥,踏上了南太基岛。冽冽的海风中,几盏零零落落的街灯,在榆树的浓荫和幢幢古屋之间,微弱地抵抗着四围的黑暗。敞向码头的大街,人影渐稀。我沿着红砖砌成的人行道走过去,走进十七世纪。摸索了十几分钟,我不得不对自己承认是迷路了。对街的消火栓旁,正立着一个警察。我让过一辆一九五七或一九五八年的老福特,向他走去。

用疑惑的神情打量了我好一会,他才说:"要找旅馆吗?前面的小巷子向左转,走到底,再向右转,有一家上等的客栈。"遵循他的指示,我进了那个小巷子,但数分钟后,又迷了路,冷落的街灯和树影里,迷魂阵的卵石路和红砖路,尽皆曲折而且狭窄而且一脚高后是一脚低。这条巷子貌似那条巷子冒充另一条含糊的巷子。一度我闯进了一条窄街,正四顾茫然间,鬼火似的街灯拨出一方朦胧,凑上去细细辨认,赫然"Coffin"六个字母!惶然急退出来,惊疑未定,忆起似乎在《白鲸记》的开头几章见过那条"棺材街"。幸而再转一个弯,便找到一家"殖民客栈"。也幸好,客舍女主人是一个爱笑的棕发碧眼小妇人,可亲的笑容里,找不出任何诡谲的联想。讲妥房价,我在旅客登记簿上签了自己的名字：Pai Chin。于是那双碧睛说："派先生，让我带你去你的房间吧。"欣然，我跟她上楼并走过长长的回廊，一面暗暗好笑，那只是中文"白鲸"的罗马拼音。

一切安顿下来，已经是午夜了。好长的一天。从旭日冒红就踹上了新英格兰的公路，越过的州界多于跨过的门槛，三百英里的奔突，两小时半的航行之后，每一片肌肉都向疲乏投降了。淋浴过后，双人床加倍地宽大柔软。不久，大西洋便把南太基摇成了一只小摇篮了。

再度恢复知觉，感到好冷，淅沥的行板自下面的古砖道传来。岛上正在落雨。寒湿的雨气漾进窗来，夹着好新好干净的植物体香。拉上毛毯，贪馋地嗅了好一阵，除了精致得有点餍鼻搔心的蔷薇清芬，辨不出其他成分来。外面，还是黑沉沉的。掏出夜光表，发现还不到四点钟。蔷薇的香气特别醒脑，心念一动，神志爽爽，再也睡不着了。就这样将自己搁浅在夜的礁上，昨天已成过去，今天尚未开始。就这样孤悬在大西洋里，被围于异国的鱼龙，听四周汹涌着重吨的蓝色之外无非是蓝色之下流转着压力更大的蓝色，我该是岛上唯一的中国人，虽然和中国阻隔了一整个大陆加上一整个大洋。绝缘中的绝缘，过渡中的过渡。雨，下得更大了。寒气透进薄薄的毛毡。决定不能再睡下去，索性起来，披上厚夹克，把窗扉合上。街上还没有一点破晓的消息。坐在临窗的桌前，捻亮壁灯，想写一封长长的航空信，但是信纸不够。便从手提袋里，捡出《白鲸记》，翻到"南太基"一章，麦尔维尔沉雄的男低音遂震荡着室内的空气。

"南太基！拿出你的地图来看一看。看它究竟占据世界的哪个角落；看它怎样立在那里，远离大陆，比砥柱灯塔更孤独。你看——只有一座土岗子，一肘湾沙；除了岸，什么背景都没有。此地的沙，你拿去充吸墨纸，二十年也用不完。爱说笑的人曾对你说，岛民得自种野草，因为岛上原无野草；说蓟草要从加拿大运来；说为了封住一只漏油桶，岛民得去海外订购木塞；说他们在岛上把木片木屑携来携去，像在罗马携带十字架真迹的残片一样；说岛民都在门前种草，为了夏天好遮阴；说一片草叶便成绿洲，一天走过三片叶子便算是草原；说岛民穿流沙鞋子，像拉布兰人的雪靴；说大西洋将他们关起来，系起来，四面八方围起来，堵起来，隔成一个纯粹的岛屿，怪不得他们坐的椅子用的桌子都会发现粘着小蛤蜊，像黏附在玳瑁的背甲上那样。这些耸听的危言莫非说明南太基不是伊利诺伊罢了。

"莫怪这些出生在岸边的南太基人要向海索取生活了！开始他们在沙滩上捉蟹；胆子大些，便涉水出去网鲭；经验既多，便坐船出海捕鳕；最后，竟遣出整队的艨艟巨舟，去探索水的世界，周而复始地环绕着泽国或远窥白令海峡，不分季节，不分海域，向《旧约》洪水也淹不死的最雄壮的宏伟兽群无尽止地挑战，最怪异的最嵯峨的兽群！

"就像这样，这些赤条条的南太基人，这些海上隐士，从他们海上的蚁丘出发，去蹂躏去征服水的世界，如众多的亚历山大；且相约分割大西洋、太平洋、印度洋，像海霸三邦瓜分波兰。任美国将墨西哥并入得克萨斯,吞罢加拿大再吞古巴;任英国占领印度,悬他们的火旗在太阳上;我们的水陆球仍有三分之二属南太基人。因为海是南太基人的,他们拥有海,正如帝王拥有帝国,其他的舟子只能过路罢了。南太基的商船只是延长的桥梁,南太基的武装的船只是浮动的堡垒。即使海盗与私掠船员,纵横海上如响马纵横陆上,毕竟掠劫的只是其他的船只,像他们自身一样的飘零的陆地罢了,何曾要直接向无底的海洋讨生活。南太基人,只有他们才住在海上喧嚷在海上;只有他们,如《圣经》所载,是骑舟赴海,往返耕海像耕自己的大农场。海是他们的家,海是他们的生意,诺亚的洪水亦无法使之中断,虽然它淹没中国的亿万生灵……"

这真是《山海经》了。麦尔维尔只解诺亚避洪,未闻大禹治水罢了。窃笑一声,我继续读下去:"南太基人生活在海上,像松鸡生活在平原;他们遁于波间,他们攀波浪像羚羊的猎人攀阿尔卑斯。陆上无家的海鸥,日落时收敛双翼,在波间摇撼入梦;相同的,夜来时,南太基人望不见陆地,卷起船帆卧下来休息,就在他们枕下,成群的海象和鲸冲波来去。"

不知何时雨已经歇了。下面的街上开始有人走动。不久,卵石道上曳过辘辘的车声。壁灯的黄晕,在渐明的曙色里显得微弱起来。阖上厚达八百页的《白鲸记》,捻熄了壁灯,我走向略有红意的曙色,把窗扉推开。蔷薇的嘘息浮在空中,犹有湿湿的雨味自泥中漾起。清晨嫩得簇簇新,没有一条皱纹。当街一排大榆树,垂着新沐的绿发,背光处的丛叶叠着层次不同的翠黑。饫着洗得透明的空气，忽然，我感到饿了。

从"殖民客栈"出来，一个灿亮而凉爽的早晨在外面迎我，立刻感觉头脑清醒，肺叶纯净，每一次呼吸都是一次新生。出了窄巷子，满身鲜翠的树影，榆树重叠着枫叶的影子，在刚炼出炉的金阳光中，一拍，便全部抖落了。粗卵石铺砌的大街上，晨曦亮得撩人眉睫。两边的红砖人行道，浮着荇藻纵横的树荫。菜贩子，瓜果贩子，卖花童子，在薄雾中张罗各自的摊位，烘出一派朝气。那淡淡的雾氛，要叠叠不拢，要牵牵不破，在无风的空中悬着一张光之网。

大街向港口斜斜敞开，蓝色的水平被高矮不齐的船桅所分割，白漆的船身迎着太阳加倍地晃眼。星条旗在联邦邮局的上空微微拂动。圣玛丽天主堂从殖民式的白屋间巍然升起。终于走进一家海味店，点了一碗蛤蜊浓羹，面海而坐。港内泊着百十来只精巧的游艇和渔船，密樯稠桅之间，船的白和水的蓝对比得鲜丽刺眼。港外，是鸥的跑道鲸的大街，是盛得满满蓝得恍恍惚惚的大西洋。这里是南太基，十九世纪中叶以前，这里是渔人的迦太基帝国，世界捕鲸业的京城。一八四〇年，全盛期的南太基点亮了大半个世界的蜡烛，那时，眼前的这港中，矗立七十艘三桅捕鲸船的幢幢帆影。在那以前，岛上住着四个印第安部落。然后是十七世纪的教友派移民。然后有人用三十金镑外加两顶海狸帽子就把南太基买了下来。但那些都是好久好久以前的事了。阖上厚厚的《白鲸记》，就统统给盖起来了。不信，你可以去问大西洋，它一定蓝成一种健忘的蓝来，把一切一切赖得一干二净。"哪，你点的蛤蜊浓羹！"浆得挺硬的女侍的白衣裙遮住了港景。

食罢蛤羹，沿着已经醒透了的大街缓缓步回市中心，向岛上唯一的租车行租到一辆敞篷汽车。那是一辆老克莱斯勒，车身高耸而轮廓鲁钝，一副方头大耳的土象，叙起年资来，至少至少是一九五六、一九五七年以前的出品，可以当我那辆小道奇的舅公而有余。只好付了五十元押金，跨上招摇的驾驶台，欹斜倾侧，且吃且喝地一路闯出城去。

过了浸信会教堂，过了曾掀起荷兰风的十七世纪老磨坊，老克莱斯勒转进一条接一条的红砖巷子。丛丛盛开的白蔷薇红玫瑰，从乳色的矮围栅里攀越出来，在蜘蛛吐丝的无风的晴朗里，从容地，把上午酿得好香。更灿更烂的花簇，从浅青的斜屋顶上泻落到篱门或夏廊，溅起多少浪沫。已经是九点多钟了，还有好多红顶白墙的漂亮楼房，赖在深邃的榆荫里不出来晒太阳。一出了橙子街，公路便豪阔地展开在沙岸，向司康赛那边伸延过去。我向油门狠狠踩下，立刻召来长长的海风，自起潮的水面。没遮拦的敞篷车在更没遮拦的荒地上迎风而起，我的鬓发，我的四肢百骸千万个汗毛孔皆乘风而起，变成一只怪狼狈的风筝。麦尔维尔所说一草成林的罕象，委实是夸张了。也许百年前确是如此，但眼前的海岸上，虽因岛小风大高树难生，在浅沼和洼地之间，仍有一蓬蓬的蓟和矮灌木。沙地起伏成缓缓的土丘。除了一座遗世独立的灯塔和几堆为世所遗的苍黑色块垒，此外，便只有一片蓝蒙蒙的虚无，名字叫大西洋，从此地一直虚无到欧洲。吞吐洋流的硕大海兽，仍在虚无的蓝域中，喷洒水柱，对着太阳和月光和诺亚以前就是那样子的星象。十九世纪似乎从未发生过，《白鲸记》只是一个雄壮的谣言，麦尔维尔的玩笑开得太大了。魁怪客，塔士提哥，依希美尔和阿哈布船长。麦老胡子啊，倒真像有那回事似的。

在纯然的蓝里浸了好久。天蓝蓝，海蓝蓝，发蓝蓝，眼蓝蓝，记忆亦蓝蓝乡愁亦蓝蓝复蓝蓝。天是一个珐琅盖子，海是一个瓷釉盒子，将我盖在里面，要将我咒成一个蓝疯子，青其面而蓝其牙，再掀开盖子时，连我的母亲也认不出是我了。我的心因荒凉而颤抖。台湾的太阳在水陆球的反面，等他来救我时，恐怕我已经蓝入膏肓，且蓝发而死，连蓝遗嘱也未及留下。细沙岸上，曝着被鸥啄空了的鲲骸，连绵数里的腐鱼腥臭。乃知死亡不必是黑色的。巴巴地从纽约赶到这荒岛上来，没有看到充塞乎天地之间的那座白鲸，没有看到鼓潮驱浪的巨鲸队，不，连一扇鲸尾都没有看到，只捡到满湾的小鲲尸骸。我迟来了一百多年。除非敲开一道蓝色的门，观海神于千寻之下，再也看不到十九世纪的捕鲸英雄了，再也看不到殉宝的海盗船，为童贞女皇开拓海疆的舰队，看不见，滑腻而性感的雌人鱼。海是最富的守财奴，永不泄露秘密的女巫。我迟来了好几千年。

我看我还是回去的好。风渐起。浪渐起。那蓝眼巫的咒语愈念愈凶了。何必调遣那么多海里的深阔，来威胁一个已够荒凉的异乡人？

蓝色的宇宙围成三百六十度的隔绝，将一切都隔绝在蓝的那边，将我隔绝在蓝的这边，在一个既不古代也不现代的遗忘里。因为古代已锁在塔里，而我的祖国，已锁在我胸中，肺结核一般锁在我胸中。因为现代在高速而晕眩的纽约，食蚁兽吮人一般的纽约。因为你是不现实而且不成熟的，异乡人，只为了崇拜一支难得充血的笔，一种雄厚如斧野犷如碑的风格，甘愿在大西洋的水牢里，做海神的一夕之囚。因为像那只运斤手一样，你也嗜伐嗜斩，总想向一面无表情的石壁上砍出自己的声音来。因为像它一样，你也罹了史诗的自大狂，幻想你必须饮海止渴嚼山充饥，幻想你的呼吸是神的气候，且幻想你的幻想是现实。

　　敞篷车在蓝色的吆喝声中再度振翼，向南太基港。所有的浪全卷过来拦截。回程船票仍在我袋中，渡轮仍在港里。这是越狱的唯一机会了。风渐小，浪渐不可闻。进了市区，在捕鲸业博物馆前停下来，不熄引擎，任克莱斯勒喃喃诉苦如一只大号的病猫。仍想在离去前再闯一次十九世纪的单行道。一跨进梁木枒杈的大陈列室，我的心膨胀起来。二十世纪被摒于门外。这是古鲸业史诗的资料室。百年前千年前的潮涨潮落，人与海的争雄与巍巍黑兽群的肉搏，节奏铿然起自每一件遗物。泪，从我的眶中溢出。泪是咸的，泪是对海的一声回答，说，我原自咸中来我不能忘记。在吊空的帆索和锚链下走过去，在四分仪和六分仪之间，在三桅船的模型和航海日志和单筒望远镜之间走过去，向一艘捕鲸快艇的真迹，耳际是十九世纪的风声，是鳕角到好望角到南中国海的涛声。我似乎呼吸着阿哈布船长呼吸过的恐怖和绝望的愤怒。昂起头来，横木板钉成的阔壁上，犀利的短渔叉排列成严厉的秩序，两柄长铁叉斜交而倚于其间。这是捕鲸人的兵器架。这些嗜血的凶手仍保持金属敌意的沉默，铮铮钪钪的沉默，虽然它们熟悉掷叉手的膂力和孤注一掷的意志，熟悉山岳般黑色的惊惶和绝望，和十几英亩的蓝被捣成鼎沸的白的那种混乱。

　　在一片巨大的阴影下回过头来，赫然，一柱史无前例的双头狼牙棒，头下尾上地倒立着，阻我的去路，石灰色的匙形骨分峙在左右，交合处是柱的根部。目光攀柱而上，越过粗大的梁木，止于柱尖的屋顶。两排巨齿深深地嵌在牙床里，最低的齿间钉着一张硬卡片，上书："世界最大鲸颚，长十八英尺，左右齿数各为二十三。雄鲸身长八十三英尺。"所以这便是鱼类的砧板啊渔人万劫不复的地狱门！塔土提哥们魁怪客们走过去便走不过来了。独脚船长走过去便走不回来了。我走过来了可能走——渡轮的汽笛忽然响起，震动整个海港，而尤为重要的是，震破了蓝眼巫咒语的效力，及时震断了我的迷失和晕眩。大陆在砧板和地狱门的那边喊我，未来的一切在门外等我。因为，汽笛又响了。南太基啊，我想我应该走了。

一九六六年九月二十六日

南太基

附注：南太基（Nantucket）是美国东北角马萨诸塞州鳕岬之南的一个小岛，长十四英里，宽三点五英里，距大陆约三十英里。十七世纪以迄十九世纪中叶，南太基一直是世界捕鲸业及制烛业中心之一。麦尔维尔（Herman Melville）的不朽巨著《白鲸记》（*Moby Dick*）开卷数章即以该岛为背景。一九六五年六月三十日，特去岛上一游，俾翻译《白鲸记》时，更能把握其气氛。文中所引"南太基"一章各段，原系艺术效果的安排，因此颇有删节，幸勿以译文不全罪我。

/余光中散文精选/

我的四个假想敌

> 我的四个假想敌,不论是高是矮,是胖是瘦,
> 是学医还是学文,迟早会从我疑惧的迷雾里显出原形,
> ——走上前来,或迂回曲折,
> 嗫嚅其词,或开门见山,大言不惭,
> 总之要把他的情人,也就是我的女儿,
> 对不起,从此领去。

我的四个假想敌

二女幼珊在港参加侨生联考,以第一志愿分发台大外文系。听到这消息,我松了一口气,从此不必担心四个女儿通通嫁给广东男孩了。

我对广东男孩当然并无偏见,在港六年,我班上也有好些可爱的广东少年,颇讨老师的欢心,但是要我把四个女儿全部让那些"靓仔""叻仔"掳掠了去,却舍不得。不过,女儿要嫁谁,说得洒脱些,是她们的自由意志,说得玄妙些呢,是姻缘,做父亲的又何必患得患失呢?何况在这件事上,做母亲的往往位居要冲,自然而然成了女儿的亲密顾问,甚至亲密战友,作战的对象不是男友,却是父亲。等到做父亲的惊醒过来,早已腹背受敌,难挽大势了。

在父亲的眼里,女儿最可爱的时候是在十岁以前,因为那时她完全属于自己。在男友的眼里,她最可爱的时候却在十七岁以后,因为这时她正像毕业班的学生,已经一心向外了。父亲和男友,先天上就有矛盾。对父亲来说,世界上没有东西比稚龄的女儿更完美的了,唯一的缺点就是会长大,除非你用急冻术把她久藏,不过这恐怕是违法的,而且她的男友迟早会骑了骏马或摩托车来,把她吻醒。

我未用太空舱的冻眠术,一任时光催迫,日月轮转,再揉眼时,怎么四个女儿都已依次长大,昔日的童话之门砰地一关,再也回不去了:四个女儿,依次是珊珊、幼珊、佩珊、季珊。简直可以排成一条珊瑚礁。珊珊十二岁的那年,有一次,未满九岁的佩珊忽然对来访的客人说:"喂,告诉你,我姐姐是一个少女了!"在座的大人全笑了起来。

曾几何时,惹笑的佩珊自己,甚至最幼稚的季珊,也都在时光的魔杖下,点化成"少女"了。冥冥之中,有四个"少男"正偷偷袭来,虽然蹑手蹑足,屏声止息,我却感到背后有四双眼睛,像所有的坏男孩那样,目光灼灼,心存不轨,只等时机一到,便会站到亮处,装出伪善的笑容,叫我"岳父"。我当然不会应他。哪有这么容易的事!我像一棵果树,天长地久在这里立了多年,风霜雨露,样样有份,换来果实累累,不胜负荷。而你,偶尔过路的小子,竟然一伸手就来摘果子,活该蟠地的树根绊你一跤!

而最可恼的,却是树上的果子,竟有自动落入行人手中的样子。树怪行人不该擅自来摘果子,行人却说是果子刚好掉下来,给他接着罢了。这种事,总是里应外合才成功的。当初我自己结婚,不也是有一位少女开门揖盗吗?"堡垒最容易从内部攻破",说得真是不错。不过彼一时也,此一时也。同一个人,过街时讨厌汽车,开车时却讨厌行人。现在是轮到我来开车。

好多年来,我已经习于和五个女人为伍,浴室里弥漫着香皂和香水气味,沙发上散置皮包和发卷,餐桌上没有人和我争酒,都是天经地义的事。戏称吾庐为"女生宿舍",也已经很久了。做了"女生宿舍"的舍监,自然不欢迎陌生的男客,尤其是别有用心的一类。但是自己辖下的女生,尤其是前面的三位,已有"不稳"的现象,却令我想起叶慈的一句诗:

> 一切
> 已崩溃,失去重心。

我的四个假想敌,不论是高是矮,是胖是瘦,是学医还是学文,迟早会从我疑惧的迷雾里显出原形,一一走上前来,或迂回曲折,嗫嚅其词,或开门见山,大言不惭,总之要把他的情人,也就是我的女儿,对不起,从此领去。无形的敌人最可怕,何况我在亮处,他在暗里,又有我家的"内奸"接应,真是防不胜防。只怪当初没有把四个女儿及时冷藏,使时间不能拐骗,社会也无由污染。现在她们都已大了,回不了头;我那四个假想敌,那四个鬼鬼祟祟的地下工作者,也都已羽毛丰满,什么力量都阻止不了他们了。先下手为强,这件事,该乘那四个假想敌还在裸裎的时候,就予以解决的。至少美国诗人纳许(Ogden Nash, 1902—1971)劝我们如此。他在一首妙诗《由女婴之父来唱的歌》(Song to Be Sung by the Father of Infant Female Children) 之中,说他生了女儿吉儿之后,惴惴不安,感到不知什么地方正有个男婴也在长大,现在虽然还浑浑噩噩,口吐白沫,却注定将来会抢走他的吉儿。于是做父亲的每次在公园里看见婴儿车中的男婴,都不由神色一变,暗暗想道:"会不会是这家伙?"想着想着,他"杀机陡萌"(My dreams, I fear, are infanticiddle),便要解开那男婴身上的别针,朝他的爽身粉里撒胡椒粉,把盐撒进他的奶瓶,把沙撒进他的菠菜汁,再扔头优游的鳄鱼到他的婴儿车里陪他游戏,逼他在水深火热之中挣扎而去,去娶别人的女儿。足见诗人以未来的女婿为假想敌,早已有了前例。

不过一切都太迟了。当初没有当机立断,采取非常措施,像纳许诗中所说的那样,真是一大失策。如今的局面,套一句史书上常见的话,已经是"寇入深矣"!女儿的墙上和书桌的玻璃垫下,以前的海报和剪报之类,还是披头士、拜丝、大卫·凯西弟的形象,现在纷纷都换上男友了。至少,滩头阵地已经被入侵的军队占领了去,这一仗是必败的了。记得我们小时,这一类的照片仍被列为机密要件,不是藏在枕头套里,贴着梦境,便是夹在书堆深处,偶尔翻出来神往一番,哪有这么二十四小时眼前供奉的?

这一批形迹可疑的假想敌,究竟是哪年哪月开始入侵厦门街余宅的,已经不可考了。只记得六年前迁港之后,攻城的将士便换了一批口操粤语的少年来接手。至于交战的细节,就得问名义上是守城的那几个女将，我这位"昏君"是再也搞不清的了。只知道敌方的炮火，起先是瞄准我家的信箱，那些歪歪斜斜的笔迹，久了也能猜个七分；继而是集中在我家的电话，"落弹点"就在我书桌的背后，我的文苑就是他们的沙场，一夜之间，总有十几次脑震荡。那些粤音平上去入，有九声之多，也令我难以研判敌情。现在我带幼珊回了厦门街，那头的广东部队轮到我太太去抵挡，我在这头，只要留意台湾健儿，任务就轻松多了。

信箱被袭，只如战争的默片，还不打紧。其实我宁可多情的少年勤写情书，那样至少可以练习作文，不致在视听教育的时代荒废了中文。可怕的还是电话中弹，那一串串警告的铃声，把战场从门外的信箱扩至书房的腹地，默片变成了身历声，假想敌在实弹射击了。更可怕的，却是假想敌真的闯进了城来，成了有血有肉的真敌人，不再是假想了好玩的了，就像军事演习到中途，忽然真的打起来了一样。真敌人是看得出来的。在某一女儿的接应之下，他占领了沙发的一角，从此两人呢喃细语，喋嚅密谈，即使脉脉相对的时候，那气氛也浓得化不开，窒得全家人都透不过气来。这时几个姐妹早已回避得远远的了。任谁都看得出情况有异。万一敌人留下来吃饭，那空气就更为紧张，好像摆好姿势，面对照相机一般。平时鸭塘一般的餐桌，四姐妹这时像在演哑剧，连筷子和调羹都似乎得到了消息，忽然小心翼翼起来。明知这僭越的小子未必就是真命女婿，（谁晓得宝贝女儿现在是十八变中的第几变呢？）心里却不由自主升起一股淡淡的敌意。也明知女儿正如将熟之瓜,终有一天会蒂落而去,却希望不是随眼前这自负的小子。

当然,四个女儿也自有不乖的时候,在恼怒的心情下,我就恨不得四个假想敌赶快出现,把她们统统带走。但是那一天真要来到时,我一定又会懊悔不已。我能够想象,人生的两大寂寞,一是退休之日,一是最小的孩子终于也结婚之后。宋淇有一天对我说:"真羡慕你的女儿全在身边!"真的吗?至少目前我并不觉得自己有什么可羡之处。也许真要等到最小的季珊也跟着假想敌度蜜月去了,才会和我存并坐在空空的长沙发上,翻阅她们小时的相簿,追忆从前,六人一车长途壮游的盛况,或是晚餐桌上,热气蒸腾,大家共享的灿烂灯光。人生有许多事情,正如船后的波纹,总要过后才觉得美的。这么一想,又希望那四个假想敌,那四个生手笨脚的小伙子,还是多吃几口闭门羹,慢一点出现吧。

袁枚写诗,把生女儿说成"情疑中副车",这书袋掉得很有意思,却也流露了重男轻女的封建意识。照袁枚的说法,我是连中了四次副车,命中率够高的了。余宅的四个小女孩现在变成了四个小妇人,在假想敌环伺之下,若问我择婿有何条件,一时倒恐怕答不上来。沉吟半晌,我也许会说:"这件事情,上有月下老人的婚姻谱,谁也不能窜改,包括韦固,下有两个海誓山盟的情人,'二人同心,其利断金',我凭什么要逆天拂人,梗在中间?何况终身大事,神秘莫测,事先无法推理,事后不能悔棋,就算交给二十一世纪的电脑,恐怕也算不出什么或然率来。倒不如故示慷慨，伪作轻松，博一个开明父亲的美名，到时候带颗私章，去做主婚人就是了。"

问的人笑了起来，指着我说："什么叫作'伪作轻松'？可见你心里并不轻松。"

我当然不很轻松，否则就不是她们的父亲了。例如人种的问题，就很令人烦恼。万一女儿发痴，爱上一个耸肩摊手口香糖嚼个不停的小怪人，该怎么办呢？在理性上，我愿意"有婿无类"，做一个大大方方的世界公民。但是在感情上，还没有大方到让一个臂毛如猿的小伙子把我的女儿抱过门槛。现在当然不再是"严夷夏之防"的时代，但是一任单纯的家庭扩充成一个小型的联合国，也大可不必。问的人又笑了，问我可曾听说混血儿的聪明超乎常人。我说："听过，但是我不稀罕抱一个天才的'混血孙'。我不要一个天才儿童叫我 Grandpa，我要他叫我外公。"问的人不肯罢休："那么省籍呢？"

"省籍无所谓，"我说，"我就是苏闽联姻的结果，还不坏吧？当初我母亲从福建写信回武进，说当地有人向她求婚。娘家大惊小怪，说：'那么远！怎么就嫁给南蛮！'后来娘家发现，除了言语不通之外，这位闽南姑爷并无可疑之处。这几年，广东男孩锲而不舍，对我家的压力很大，有一天闽粤结成了秦晋，我也不会感到意外。如果有个台湾少年特别巴结我，其志又不在跟我谈文论诗，我也不会怎么为难他的。至于其他各省，从黑龙江直到云南，口操各种方言的少年，只要我女儿不嫌他，我自然也欢迎。"

"那么学识呢？"

"学什么都可以。也不一定要是学者，学者往往不是好女婿，更不是好丈夫。只有一点：中文必须精通。中文不通，将祸延吾孙！"

客又笑了。"相貌重不重要？"他再问。

"你真是迂阔之至！"这次轮到我发笑了，"这种事，我女儿自己会注意，怎么会要我来操心？"

笨客还想问下去，忽然门铃响起。我起身去开大门，发现长发乱处，又一个假想敌来掠余宅。

一九八〇年九月于台北

萤火山庄

1

今年夏天，毅然放下一切，脱掉台湾贴身的炎热与喧嚣，去纽约探望长女珊珊：其实也就是去高纬避暑，不，纳凉。朋友怪而问曰："纽约能避暑吗？"我答道："当然不是在纽约闹市，而是在纽约郊外，其实是出了纽约州，进了康州，离纽约市有一小时半的车程。"

七月十五日，料峭的风雨中，为政与珊珊带了飞黄与姝婷兄妹，把我们从肯尼迪机场接回家去。我已经五年未去美国了，竟有一点生疏。车子一汇入高速路的洪流，年轻时凭一张行车地图在该邦闯州越郡的强烈记忆，忽然附体醒来。为政知我是车迷，一路为我指点新款的Corvette与Mustang，真令我醒目动心。进入康州之后，丘陵地带坡势渐起，夏木含雨，风景绿得饱满而滋润。

"一进康州，就算是新英格兰了。"为政说。

从高速路下来，我们转入两巷对开的乡道，绿荫对峙如屏风，车在其间上坡下坡，左弯右盘。

"这一带的树林太好了。"我叹道。

"我们的屋子就在树林里。"珊珊说。

正说着车慢了下来，从一道斜坡右转入林。浓荫密掩之下，灰顶白墙的两层木屋，艳红的前门上，雅典娜头像的铜环铿铿可叩，已到家了。

"简直是在森林里。"我不禁赞叹。

"不是森林，只是树林。"为政说着，望了珊珊一眼。

"太密了啦，"珊珊怨道，"遮得屋子阴沉沉的，什么都不清不楚。应该砍掉几棵！"

"砍一棵七百块，"为政解释，"还问你木材留不留。你要是留下来自己劈柴，再也劈不清。"

从此我们，我和我存，还有后来加入的幼珊与季珊，就在这一片深邃的翠绿里住了一个月，长享牧神芬多精的祝福，却又隐隐担忧，最后怎能再回到台湾的热、闹里去。

2

等到时差淡去，安顿下来以后，才真正体会这近乎隐士的林居是怎样的情形。屋前屋后，全是主干俊挺枝叶茂盛的乔木，拔高都在四五丈之间，多为加拿大枫，也有松杉及橡树。枝柯交接，浓荫密庇着木屋，只在前门和后院留一点余地，网开半角，让阳光、星光进来做客，所以什么东晒、西晒都非逼视，只能算是偷窥。

　　二楼的阳台旁边，有一间孩子的游戏室，堆满着两个小顽童的玩具。最耐看的却是室顶的天窗，其形廓然大方，仰望可见一簇簇树顶，像是几个巨头在开高峰会议。最好是睡在地毯上从容举眼，尤其是探看夜深的星空，真有井蛙窥天的奇趣。

　　由于树多院深，左邻右舍都相隔颇远，往往也只微露一角，静得不闻犬声，如果有犬的话。康州这一带的人家，罕见以灌木丛树为篱，即使石砌的围墙，也多是糙石错叠，高不过腰。受到长岛海峡（Long Island Sound）的滋润，滨海的这一带丘陵起伏，雨多林茂，驶车其间，如聆树精（Dryads）吟唱一首悠长的牧歌，绿韵不绝。此地的"人间"就是"林间"，所以家家户户其实是以整片树林来充当篱笆，而将车声车尘隔在翠屏外面，鸟声虫声留在自家院里。

　　珊珊说，这林中木屋在建筑的格式上叫作 raised ranch。屋前的红门开在底楼和二楼的中间：由于坡势缓降，屋前的草地齐及底楼的半腰，而屋后的楼基又高出地面，需加支撑。至于 ranch 倒名不副实，因为既非农庄，又非牧场，只有一片林地而已。但不管名称如何，也不管是否能充庄宅，这双层木屋仍算舒适风雅，加上前后森森的乔木嘉荫，硕硕的直干矗立如柱，高擎着翠上叠翠禽外鸣禽的丛叶，如盖如伞，尤其是屋后的莽莽苍苍，目光如豆怎么能看透，简直是绿色迷宫。只有淙淙的水声，夜深时，密告草底有小溪在偷偷越境。

　　珊珊婚后定居在纽约的皇后区，闹市一住就是八年，前年终于搬下乡来。新址在信封上是"康州威士顿"（Weston，CT），但门前的乡道两巷对开，离小镇仍有十分钟车程。这位置，当然仍在纽约的磁场之内，毕竟已是边缘了；算是新英格兰的地界，却别在康州西南的拐角，尚未深入；已在大西洋岸的斜坡上，但是距长岛海峡的沙滩还有十英里。

就这么和家人相聚了一个月，享受了三代在同一屋顶下团圆的温馨。天气倒并不温暖，时雨时晴，雨天会变得阴冷，像台湾的秋天，入夜甚至寒气逼人，又像台湾冬日的寒流，我们都要盖被。

一个初晴的黄昏，浓荫张翠的叶隙还透着西天的霞晕。正是昼夜换班的神秘时辰，我们都在高架的阳台上，或靠着黑色的空花铁椅，或倚着白漆的长条栏杆，倾听林间的寂静。有异物倏忽掠空来去，使暮色不安。该是蝙蝠。

"萤火虫！"小妹婷叫了起来。

我从铁椅上一跃而起，冲向栏杆。暮色渐深的草地上，果然有亮金一闪。大家都贴立在栏杆边，向林中的草地寻视，兴奋异常。草地上、石堆里，甚至树叶间，此起彼落，明灭不定，一时碎金飞闪，成了童话的魔灯。仲夏夜之梦的场景，已经有三十多年未见了。大半辈子在台湾，以前来高纬的北美惊艳于雪景，不料现在，却要从亚热带来寒带追寻流萤。早年在台北，这提灯夜游的小飞客，曾经从植物园飞入我的诗句。后来它就和木屐、折扇、蜡烛一起失踪了。儿时在江南天井的水缸边，中学时代在四川的黄葛树下，这神秘的小灯笼也曾点醒过炎暑的夜色，于今回顾，亦皆化成点点的乡愁。而这些，我怎能告诉美国的firefly呢？它们恐怕连梭罗也不认得了，何况是杜牧啊。

我问幼珊和季珊小时有没有见过萤火虫，她们似乎并无印象。为政索性找来空瓶，带着飞黄走下木梯，去草石之间追捕这些一闪即逝的古典幽浮。小男孩捉到了一只，奔向阳台上给我看。可怜的小俘虏，在瓶中就黯然无光了。飞黄也觉得失望，就开瓶释俘。昆虫学家说，会闪浅绿幽光的是雌萤，光从腹部的器官发出，乃是黄磷在酵素的影响下氧化的现象；又说雌萤无翼，发光的用意是在引诱雄萤。这么说来，仲夏夜之梦就更有情了。原就不该打断那只"怀夏"少女的幽会的。

至于鹿，这一带的乡道两侧，不时也可见"仙踪"。每次发现，为政都会放低车速，教我们注意左顾或右盼。有时候来不及转头，仙踪已渺，不免令人怅怅。珊珊倒不大惊小怪，只淡淡地说："我们后院子里也有几只。"

真的吗？帅呆了吧？真有这种野福仙趣吗？珊珊说，要碰运气，黄昏鹿群口渴，就会到屋后的树下来饮溪。

后来果真出现了几次，可惜都是家人先发现，等我赶去窗口或阳台，不是已经逸走，便是只见背影匆匆，消失在枫树的巨干之后。终于一天下午，又出现了。这一次不是遥远的一瞥，而是站定了，怔怔地回望着我们；不是一只，而是四只全是棕底白斑的梅花鹿，都停在枫林前面的绿茵之上。显然，它们也是一家人，不，一家鹿，谨慎然而好奇地,在十几米外从容打量着我们,眼神温柔而镇定。就这么,两家众目灼灼,对阵而又对视,都出了神。寂静中,气氛紧张又有点滑稽。我存蹑手蹑脚,举起了相机。

那几分钟真像是永恒。终于鹿群散开,大的领头,向马路那边逛去,并嚼食道旁的蕨草。幼珊、季珊带着飞黄与姝婷,也是两大带着两小,奔赴最近的窗口去窥视。一阵忙乱过后,只剩下一只幼鹿徘徊在坡顶,似乎在寻找母亲。最后它也走下坡来,在一柱巨枫前面立住,再向我们一瞥,便没入了林中。

以前在美国西部开车,偶尔也会遇见野鹿过路。公路局为了示警,甚至会竖立 Deer Crossing 的路牌,为长途平添野趣。我在丹佛自炊了一年,兔肉、鹿肉都煮过。前年和我存去芬兰,还买了咸腌的驯鹿肉回来,却嫌它太咸太腥,未敢吃完。珊珊屋后的草地上,深深浅浅有不少鹿蹄印子,大鹿印深,小鹿斑比当然印浅,但都前轻后重,判然二分。

我们的主人,为政和珊珊,爱吃龙虾又与鹿为邻,正应了苏轼的名句:"侣鱼虾而友麋鹿。"他们谈到鹿群,却是爱憎参半。为政警告我们,鹿身上有虱子,不可接近。珊珊恨恨地说,她在门前种的郁金香,好不容易开了花,却被鹿齐头吃掉。看来就连仙人也有其现实的一面。

3

就这样我在"萤火山庄"隐居了一个月。其间曾有六天,与家人共乘了一辆道奇的八人座箱型车,北上鳕角与波士顿,并远游缅因州的阿凯地亚国家公园。只可惜佩珊有事留在台湾,未能像去苏格兰的那次,同车共游。除此之外,我成了十足的隐士,近于自然而远于人群。在翠阴清凉的林间,时或听蝉声噪夏,但更苍老而可惊的是远近皆闻的鸦啼,益显得林深树密,人烟稀渺。其他的鸣禽就斯文得多,除了偶弄巧舌之外,也像我一样隐身不见,隐名不识,极其逍遥。可见的林栖者当然少不了敏捷而机警的松鼠,几乎尾比身长,挥舞成多姿的魔帚;草上的白蝶翩翩,也乘风有致。最威武的仍是众目共仰的鹰隼,巡翔在一切之上,怪唳磔磔,宣称自己是风的主人。这一切"神的富有",包括黄昏的间谍,蝙蝠,与草上的幽浮,萤火,使我恍然,何以新英格兰的地灵会生出狄金森那样的人杰。

至于纽约的闹市,我就不再去拜访了。这次去美国,我只见到一位故人。夏志清先生召我进城,我却劝他下乡,并夸张此间林栖之乐,为政和珊珊也从旁鼓吹。City Mouse 经不起 Country Mouse 的叽叽劝诱,终于由夫人王洞陪同,从中央车站乘火车来到威士顿,再由乡下的群鼠开车去接。

十年未见,夏志清并未显得更老。近年他病于心脏,文章是写得少了些,但此次重逢,他精神很好,谈锋仍健,中英双语争发,仍然声宏气盛,急湍奔泻,不可标点。他谈到兴头上时,与其说是与人对话，不如说是滔滔自语，石火电光，心里想到的几乎全出了口，驷马难追，简直就是意识横流。"人来疯"其实不限于小孩子，老顽童也是一样。

纽约客送给我两本大书：艾略特的《玄学诗面面观》（*The Varieties of Metaphysical Poetry*）是旧讲稿新出书；巴顺的《从曙光到暮气》（*Jacques Barzun:From Dawn to Decadence*）则阔论五百年来的西方文化，是一部新著。夏先生特别强调，巴顺此书深思熟虑，痛贬末流，是值得细读的洋洋巨著，又说其人不但渊博，更能贯通，甚至钱钟书都难匹敌。

珊珊和为政十年前在纽约结婚，夏先生是喜宴上致辞的贵宾，一番话说得妙趣横生，若非於梨华大力劝止，真不知阔论何时方休。他一直是小夫妻俩敬爱的夏伯伯，来他们家已是熟客，十分自在。大家谈得尽兴，去镇上吃过晚餐，便送一对纽约客搭火车回城。

这次去美之前，总算把钟怡雯新著《听说》的序言赶了出来，余下的两篇也都答应了半年，就带去美国偿债。在"萤火山庄"的宁静天地，每天和飞黄、姝婷兄妹嬉戏为乐，渐觉返老还童，加以芬多精的野餐令人身轻气畅，文思无阻，两篇序言居然顺利完成，回台的心情顿感轻松。一篇叫作《当中华女儿做了美国妈妈》，是为张纯瑛的文集《情悟，天地宽》而作。另一篇叫作《最后的牧歌——希美内思的〈小毛驴与我〉》，以序林为正从英译本再转译的中文译本。我在"萤火山庄"的楼下大书房里写这两篇文章，在桌灯下往往坐到深夜，楼上的家人都已鼾然，林中也已寂了万籁，只剩下手中这支笔陪我醒着，从十九岁的少年一直醒到现在，便感觉惟寂寞始能长保清醒，惟清醒始能永耐寂寞。

这心情，楼上梦中的孙儿、孙女，有一天能够领会吗？有一天我走了，我留下的书，一本又一本，那两个孩子，在电视机前长大的美国孩子，肯放下英文来读吗？

木屋顶上，新英格兰的星空灿烂无语。

山盟

　　山，在那上面等他。从一切历书以前，峻峻然，巍巍然，从五行和八卦以前，就在那上面等他了。树，在那上面等他。从汉时云秦时月从战国的鼓声以前，就在那上面。就在那上面等他了，虬虬蟠蟠，那原始林。太阳，在那上面等他。赫赫洪洪荒荒。太阳就在玉山背后。新铸的古铜锣。"当"的一声轰响，天下就亮了。

　　这个约会太大，大得有点像宗教。一边是山、森林、太阳，另一边，仅仅是他。山是岛的贵族，正如树是山的华裔。登岛而不朝山，是无礼。这山盟，一爽竟爽了二十年。其间他曾经屡次渡海，膜拜过太平洋和巴士海峡对岸多少山。在科罗拉多那山国一闭就闭了两年。海拔一英里之上，高高晴晴冷冷，是六百多天的乡愁。一万四千英尺以上的不毛高峰，狼牙交错，白森森将他禁锢在里面，远望也不能当归，高歌也不能当泣。他成了世界上最高的浪子，石囚。只是山中的岁月，太长，太静了，连摇滚乐的电吉他也不能一声划破。那种高高在上的岑寂，令他不安。一场大劫正蹂躏着东方，多少族人在水里，火里，唯独他学桓景登高避难，过了两个重九还不下山。

春秋佳日，他常常带了四个小女孩去攀落基山。心惊胆战，脚麻手酸，好不容易爬到峰巅。站在一丛丛一簇簇的白尖白顶之上，反而怅然若失了。爬啊爬啊爬到这上面来了又怎么样呢？四个小女孩在新大陆玩得很高兴。她们只晓得新大陆，不晓得旧大陆。"问君西游何时还，畏途巉岩不可攀。"忽然他觉得非常疲倦。体魄魁梧的昆仑山，在远方喊他。母亲喊孩子那样喊他回去，那昆仑山系，所有横的岭侧的峰，上面所有的神话和传说。落基山美是美雄伟是雄伟，可惜没有回忆没有联想不神秘。要神秘就要峨眉山五台山普陀山武当山青城山华山庐山泰山，多少寺多少塔多少高僧、隐士、豪侠。那一切固然令他神往，可是最最萦心的，是噶达素齐老峰。那是昆仑山之根，黄河之源。那不是朝山，是回家，回到一切的开始。有一天应该站在那上面，下面摊开整幅青海高原，看黄河，一条初生的脐带，向星宿海吮取生命。他的魂魄，就化成一只雕，向山下扑去。浩大圆浑的空间，旋，令他目眩。

那只是，想想过瘾罢了。山不转路转，路不转人转。七四七才是一只越洋大雕，把他载回海岛。一九七二年。昆仑山仍在神话和云里。黄河仍在诗经里流着。岛有岛神，就先朝岛上的名山吧。

上山那一天，正碰上寒流，气温很低。他们向冷上加冷的高处出发。朱红色的小火车冲破寒雾，在渐渐上升的轨道上奔驰起来，不久，嘉义城就落在背后的平原上了。两侧的甘蔗田和香蕉变成相思树和竹林。过了竹崎，地势渐高渐险，轨旁的林木也渐渐挺直起来，在已经够陡的坡上，将自己拔向更高的空中。最后，车窗外升起铁杉和扁柏，像十里苍苍的仪队，在路侧排开。也许怕风景不够柔媚，偶尔也亮起几树流霞一般明艳的樱花，只是惊喜的一瞥，还不够为车道镶一条花边。

路转峰回，小火车呜呜然在狭窄的高架桥上驰过。隔着车窗，山谷愈来愈深，空空茫茫的云气里，脚下远远地，只浮出几丛树尖，下临无地，好令人心悸。不久，黑黝黝的山洞一口接一口来吞噬他们的火车。他们咽进了山的盲肠里，汽笛的惊呼在山的内脏里回荡复回荡。阿里山把他们吞进去吞进去又吐出来，算是朝山之前的小小磨炼。后来才发现，山洞一共四十九条，窄桥一共八十九座。一关关闯上去，很有一点西游记的味道。

过了十字路，山势益险，饶它是身材窈窕的迷你红火车，到三千多英尺的高坡上，也回身乏术了。不过，难不倒它。行到绝处，车尾忽然变成车头，以退为进，潇潇洒洒，循着Z字形zigzagzig那样倒溜冰一样倒上山去。同时森林愈见浓密，枝叶交叠的翠盖下，难得射进一隙阳光。浓影所及，车厢里的空气更觉得阴冷逼人。最后一个山洞把他们吐出来，洞外的天蓝得那样彻底，阿里山，已经在脚下了。

终于到了阿里山宾馆，坐在餐厅里。巨幅玻璃窗外，古木寒山，连绵不绝的风景匍匐在他的脚下。风景时时在变，白云怎样回合群峰就怎样浮浮沉沉像嬉戏的列岛。一队白鸽在谷口飞翔，有时退得远远的，有时浪沫一样地忽然卷回来。眺者自眺，飞者自飞。目光所及，横卧的风景手卷一般展过去展过去展开米家霭霭的烟云。他不知该餐脚下的翠微，或是，回过头来，满桌的人间烟火。山中清纯如酿的空气，才吸了几口，饥意便在腹中翻腾起来。他饿得可以餐赤松子之霞，饮麻姑之露。

"爸爸，不要再看了。"佩珊说。

"再不吃，獐肉就要冷了。"咪也在催。

回过头来，他开始大嚼山珍。

午后的阳光是一种黄澄澄的幸福，他和矗立的原始林和林中一切鸟一切虫自由分享。如果他有那样一把剪刀，他真想把山上的阳光剪一方带回去，挂在他们厦门街的窗上，那样，雨季就不能围困他了。金辉落在人肌肤上，干爽而温暖，可是四周的空气仍然十分寒冽，吸进肺去，使人神清意醒，有一种要飘飘升起的感觉。当然，他并没有就此飞逸，只是他的眼神随昂昂的杉柏从地面拔起，拔起百尺的尊贵和肃穆之上，翠矗青盖之上，是蓝空，像传说里要我们相信的那样酷蓝。

而且静。海拔七千英尺以上那样的，万籁沉淀到底，阒寂的隔音。值得歌颂的，听觉上全然透明的灵境。森林自由自在地行着深呼吸。柏子闲闲落在地上。绿鸠像隐士一样自管自地吟啸。所以耳神经啊你就像琴弦那么松一松吧今天轮到你休假。没有电铃会奇袭你的没有电话没有喇叭会施刑。没有车要躲灯要看没有繁复的号码要记没有钟表。就这么走在光洁的青石板道上，听自己清清楚楚的足音，也是一种悦耳的音乐。信步所至，要慢，要快，或者要停。或者让一只蚂蚁横过，再继续向前。或者停下来，读一块开裂的树皮。

或者用惊异的眼光，久久，向僵死的断树桩默然致敬。整座阿里山就是这么一所户外博物馆，到处暴露着古木的残骸。时间，已经把它们雕成神奇的艺术。虽死不朽，丑到极限竟美了起来。据说，大半是日治时代伐余的红桧巨树，高贵的躯干风中雨中不知矗立了千年百年，坎坎的斧斤过后，不知在什么怀乡的远方为栋为梁，或者凌迟寸磔，散作零零星星的家具器皿。留下这一盘盘一坨坨硕老无朋的树根，夭矫顽强，死而不仆，在日起月落秦风汉雨之后，虬幡纠结，筋骨尽露的指爪，章鱼似的，犹紧紧抓住当日哺乳的后土不放。霜皮龙鳞，肌理纵横，顽比锈钢废铁，这些久僵的无头尸体早已风化为树精木怪。风高月黑之夜，可以想见满山蠢蠢而动，都是这些残缺的山魈。

幸好此刻太阳犹高，山路犹有人行。艳阳下，有的树桩削顶成台，宽大可坐十人。有的扭曲回旋，畸陋不成形状。有的枯木命大，身后春意不绝，树中之王一传而至二世，再传而至三世，发为三代同堂，不，同根的奇观。先主老死枯槁，蚀成一个巨可行牛的空洞；父王的僵尸上，却亭亭立着青翠的王子。有的昂然庞然，像一个象头，鼻牙嵯峨，神气俨然。更有一些断首缺肢的巨桧，狞然戟刺着半空，

107

犹不甘忘却,谁知道几世纪前的那场暴风雨,劈空而来,横加于他的雷殛。

正嗟叹间,忽闻重物曳引之声,深甸甸地,辗地而来。异声愈来愈近,在空山里激荡相磨,很是震耳。他外文系出身,自然而然想起凯兹奇尔的仙山中,隆隆滚球为戏的那群怪人。大家都很紧张。小女孩们不安地抬头看他。辗声更近了。隔着繁密的林木,看见有什么走过来。是——两个人。两个血色红润的山胞,气喘咻咻地拖着直径约两英尺的一截木材,辗着青石板路跑来。怪不得一路上尽是细枝横道,每隔尺许便置一条。原来拉动木材,要靠它们的滑力。两个壮汉哼哼哈哈地曳木而过,脸上臂上,闪着亮油油的汗光。

姐妹潭一掬明澄的寒水,浅可见底。迷你小潭,传说着阿里山上两姐妹殉情的故事。管他是不是真的呢,总比取些道貌可憎的名字好吧。

"你们四姐妹都丢个铜板进去,许个愿吧。"

"看你做爸爸的,何必这么欧化?"

"看你做妈妈的,何必这么缺乏幻想。管它。山神有灵,会保佑她们的。"

珊珊、幼珊、佩珊。相继投入铜币。眼睛闭起,神色都很庄重,丢罢,都绽开满意的笑容。问她们许些什么大愿时,一个也不肯说。也罢。轮到最小的季珊,只会嬉笑,随随便便丢完了事。问她许的什么愿,她说,我不知道,姐姐丢了,我就要丢。

他把一枚铜币握在手边，走到潭边，面西而立，心中暗暗祷道："希望有一天能把这几个小姐妹带回家去，带回她们真正的家，去踩那一片博大的后土。新大陆，她们已经去过两次，玩过密歇根的雪，涉过落基山的溪，但从未被长江的水所祝福。希望，有一天能回到后土上去朝山，站在全中国的屋脊上，说，看啊，黄河就从这里出发，长江就在这里吃奶。要是可能，给我七十岁或者六十五，给我一间草庐，在庐山，或是峨眉山上，给我一根藤杖，一卷七绝，一个琴僮，几位棋友，和许多猴子许多云许多鸟。不过这个愿许得太奢侈了。阿里山神啊，能为我接通海峡对面五岳千峰的大小神明吗？"

姐妹潭一展笑靥，接去了他的铜币。

"爸爸许得最久了。"幼珊说。

"到了那一天，无论你们嫁到多远的地方去，也不关我的事了。"他说。

"什么意思嘛？"

"只有猴子做我的邻居。"他说。

"哎呀好好玩！"

"最后，我也变成一只——千年老猿。像这样……"他做出欲攫季珊的姿态。

"你看爸爸又发神经了。"

慈云寺缺乏那种香火庄严禅房幽深的气氛。岛上的寺庙大半如此，不说也罢。倒是那所"阿里山森林博物馆"，规模虽小，陈设也简陋单调，离国际水准很远，却朴拙天然，令人觉得可亲。他在那里面很低回了一阵。才一进馆，颈背上便吹来一股肃杀的冷风。昂过头去。高高的门楣上，一把比一把狞恶，排列着三把青锋逼人的大钢锯。森林的刽子手啊，铁杉与红桧都受害于你们的狼牙。堂上陈列着阿里山五木的平削标本，从浅黄到深灰，色泽不一，依次是铁杉、峦大杉、台湾杉、红桧、扁柏。露天走廊通向陈列室。阿里山上的飞禽走兽，从云豹、麂、山猫、野山羊、黄鼠狼到白头鼯鼠，从绿鸠、蛇鹰到黄鱼鸮，莫不展现它们生命的姿态。一个玻璃瓶里，浮着一具小小的桃花鹿胚胎，白色的胎衣里，鹿婴的眼睛还没有睁开。令他低回的，不是这些，是沿着走廊出来，堂上庞然供立，比一面巨鼓还要硕大的，一截红桧木的横剖面。直径宽于一只大鹰的翼展，堂堂的木面竖在那里，比人还高。树中高贵的族长，它生于宋神宗熙宁十年，也就是公元一〇七七年。一九一二年，也就是明治四十五年，日本人采伐它，千里迢迢，运去东京修造神社。想行刑的那一天，须髯临风，倾天柱，倒地根，这长老长啸仆地的时候，已经有八百三十五岁的高龄了。一个生命，从北宋延续到清末，成为中国历史的证人。他伸出手去，抚摸那伟大的横断面。他的指尖溯帝王的朝代而入。止于八百多个同心圆的中心。多么神秘的一点，一个崇高的生命便从此开始。那时苏轼正是壮年，宋朝的文化正盛开，像牡丹盛开在汴梁，欧阳修墓土犹新，黄庭坚周邦彦的灵感犹畅。他的手指按在一个古老的春天上。美丽的年轮轮回着太阳的光圈，一圈一圈向外推开，推向元，推向明，推向清。太美了。太奇妙了。这些黄褐色的曲线，不是年轮，是中国脸上的皱纹。推出去，推向这海岛的历史。喏，也许是这一圈来了葡萄牙人的三桅战船。这一年春天，红毛鬼闯进了海峡。这一年，国姓爷的楼船渡海东来。大概是这一圈杀害了吴凤。有一年龙旗降下升起太阳旗。有一年他自己的海轮来泊在基……不对不对，那是最外的一圈之外了，喏，大约在这里。他从古代的梦中醒来，用手指划着虚空。

"爸爸，你在干什么呀？"季珊抬头看着他。

他抓住她的小手指，从外向内数，把她的指尖按在第十六圈上。

"公公就是这一年……"他说。

"公公这一年怎么啦？"她问。

走回宾馆，太阳就下山了。宋朝以前就是这样子，汉以前周以前就是这太阳，神农和燧人以前。在那尊巨红桧的心中，春来春去，画了八百圈年轮的长老，就是这太阳。在它眼中，那红桧和岛上一切的神木，都像小孩子一样幼稚吧。后羿留给我们的，这太阳。

此刻它正向谷口落下去，像那巨红桧小时候看见的那样，缓缓落了下去。千树万树，在无风的岑寂中肃立西望，参加一幕壮丽无比的葬礼。火葬烧着半边天。宇宙在降旗。一轮橙红的火球降下去，降下去，圆得完美无憾的火球啊怪不得一切年轮都是他的模仿因为太阳造物以他自己的形象。

快要烧完了。日轮半陷在暗红的灰烬里，愈沉愈深。山口外，犹有殿后的霞光在抗拒四围的夜色，横陈在地平线上的，依次是惊红骇黄怅青惘绿和深不可泳的诡蓝渐渐沉溺于苍黛。怔望中，反托在空际的林影全黑了下来。

最后，一切都还给纵横的星斗。

但是太阳会收复世界的，在玉山之巅。在崦嵫山里这只火凤凰会铸冶新的光芒。高处不胜苦寒。他在两条厚毛毯里，瑟缩犹难入梦，盘盘旋旋的山路，还在腿上作麻。夜，太静了。毛黑茸茸的森林似乎有均匀的鼾息。不要错过日出不要，他一再提醒自己。我要亲眼看神怎样变戏法，那只火凤凰怎样突破蛋黄怎样飞起来，不要错过不要。他似乎枕在一座活火山上，有一种美丽的不安。梦是一床太短的被，无论如何也盖不完满。约会女友的前夕，从前，也有过这症状。无以名之，叫它做幸福症吧。睡吧睡吧不要真错过了不要。

走到祝山顶上，已经是六点半了。虽然是华氏四十度的气温，大家都喘着气，微有汗意。脸上都红通通的，"阿里山的姑娘"，他戏呼她们。天色透出鱼肚白，群峰睡意尚未消尽。雾气在下面的千壑中聚集。没有风。只有一只鸟，在新鲜的静寂中试投着它的清音。啾啾唧啾啾唧哞哞唧唧。屏息的期待中，东方的天壁已经炙红了一大片。"快起来了，快起来了。"他回过头去，观日楼下的广场上，已然麇集了百多位观众，在迎接太阳的诞生。已经冻红的脸上，更反映着熊熊的霞光。

"上来了!"

"上来了!"

"太阳上来了上来了!"

浩阔的空间引爆出一阵集体的欢呼。就在同时,巍峨的玉山背后,火山猝发一样迸出了日头,赤金晃晃,千臂投手向他们投过来密密集集的标枪。失声惊呼的同时,一阵刺痛,他的眼睛也中了一枪。簇新的光,簇新簇新的光,刚刚在太阳的丹炉里炼成,猬集他一身。在清虚无尘的空中飞啊飞啊飞了八分钟,扑到他身上这簇光并未变冷。巨铜锣玉山上捶了又捶,神的噪音金熔熔的赞美诗火山熔浆一样滚滚而来,观礼的凡人全擎起双臂忘了这是一种无条件降服的仪式在海拔七千英尺以上。一座峰接一座峰在接受这样灿烂的祝福,许多绿发童子在接受那长老摩挲头颅。不久,福建和浙江也将天亮。然后是湖北和四川。庐山与衡山。秦岭与巴山。然后是漠漠的青海高原。溯长江溯黄河而上噫吁嚱危乎高哉天苍苍野茫茫的昆仑山天山帕米尔的屋顶。太阳抚摸的,有一天他要用脚踵去膜拜。

可是他不能永远这样许下去,这长愿。四个小女孩在那边喊他。小红火车在高高的站上喊他,因为嘉义在下面的平原上喊小红火车。该回家了,许多声音在下面那世界喊他。许多街许多巷子许多电话电铃许多开会的通知限时信。许多电梯许多电视天线在许多公寓的屋顶。许多许多表格在阴暗的许多抽屉等许多图章的打击。第二手的空气。第三流的水。无孔不入无坚不摧,文明的赞美诗,噪音。什么才是家呢？他属于下面那世界吗？

　　火车引吭高呼。他们下山了。六千英尺。五千五。五千。他的心降下去。四十九个洞。八十九座桥。刹车的声音起自铁轨，令人心烦。把阿里山还给云豹。还给鹰和鸠。还给太阳和那些森林。荷兰旗。日本旗。森林的绿旌绿帜是不降的旗。四十九个洞。千年亿年。让太阳在上面画那些美丽的年轮。

失帽记

二〇〇八年的世界有不少重大的变化，其间有得有失。这一年我自己年届八十，其间也得失互见：得者不少，难以细表，失者不多，却有一件难过至今。我失去了一顶帽子。

一顶帽子值得那么难过吗？当然不值得，如果是一顶普通的帽子，甚至是高价的名牌。但是去年我失去的那顶，不幸失去的那一顶，绝不普通。

帅气、神气的帽子我戴过许多顶，头发白了稀了之后尤其喜欢戴帽。一顶帅帽遮羞之功，远超过假发。丘吉尔和戴高乐同为二战之英雄，但是戴高乐戴了高帽尤其英雄，所以戴高乐戴高帽而乐之，也所以我从未见过戴高乐不戴高帽。

戴高乐那顶高卢军帽丢过没有，我不得而知。我自己好不容易选得合头的几顶帅帽，却无一久留，全都不告而别。其中包括两顶苏格兰呢帽，一顶大概是掉在英国北境某餐厅，另一顶则应遗失在莫斯科某旅馆。还有第三顶是在加拿大维多利亚港的布恰花园所购，白底红字,状若戴高乐的圆筒鸭舌军帽而其筒较低,当日戴之招摇过市,风光了一时,后竟不明所终。

一个人一生最容易丢失也丢得最多的,该是帽与伞。其实伞也是一种帽子,虽然不戴在头上,毕竟也是为遮头而设,而两者所以易失,也都是为了主人要出门,所以终于和主人永诀,更都是因为同属身外之物,一旦离手离头,几次转身就给主人忘了。

帽子有关风流形象。独孤信出猎暮归,驰马入城,其帽微侧,吏人慕之,翌晨戴帽尽侧。千年之后,纳兰性德的词集亦称《侧帽》。孟嘉重九登高,风吹落帽,浑然不觉。桓温命孙盛作文嘲之,孟嘉也作文以答,传为佳话,更成登高典故。杜甫七律《九日蓝田崔氏庄》并有"羞将短发还吹帽,笑倩旁人为正冠"之句。他的《饮中八仙歌》更写饮者的狂态:"张旭三杯草圣传,脱帽露顶王公前。"尽管如此,失帽却与风流无关,只和落拓有份。

去年十二月中旬,香港中文大学图书馆为我八秩庆生,举办了书刊手稿展览,并邀我重回沙田去签书、演讲。现场相当热闹,用媒体流行的说法,就是所谓人气颇旺。联合书院更编印了一册精美的场刊,图文并茂地呈现我香港时期十一年,在学府与文坛的各种活动,题名《香港相思——余光中的文学生命》,在现场送给观众。典礼由黄国彬教授代表文学院致辞,除了联合书院冯国培院长、图书馆潘明珠副馆长、中文系陈雄根主任等主办人之外,与会者更包括了昔日的同事卢玮銮、张双庆、杨钟基等,令我深感温馨。放眼台下,昔日的高足如黄坤尧、黄秀莲、樊善标、何杏枫等，如今也已做了老师，各有成就，令人欣慰。

演讲的听众多为学生，由中学老师带领而来。讲毕照例要签书，为了促使长龙蠕动得较快，签名也必须加速。不过今日的粉丝不比往年，索签的要求高得多了：不但要你签书、签笔记本、签便条、签书包、签学生证，还要题上他的名字、他女友的名字，或者一句赠言，当然，日期也不能少。那些名字往往由索签人即兴口述，偏偏中文同音字最多。"什么hui？恩惠的惠吗？""不是的，是智慧的慧。""也不是，是恩惠的惠加草字头。"乱军之中，常常被这么乱喊口令。不仅如此，一粉丝在桌前索签，另一粉丝却在你椅后催你抬头、停签、对准众多相机里的某一镜头，与他合影。笑容尚未收起，而夹缝之中又有第三只手伸来，要你放下一切，跟他"交手"。

这时你必须全神贯注，以免出错。你的手上，忽然是握着自己的笔，忽然是他人递过来的，所以常会掉笔。你想喝茶，却鞭长莫及。你想脱衣，却匀不出手。你内急已久，早应泄洪，却不容你抽身疾退。这时，你真难身外分身，来护笔、护表、护稿、扶杯。主办人焦待于旋涡之外，不知该纵容或喝止炒热了的粉丝。

去年底在中文大学演讲的那一次，听众之盛况不能算怎么拥挤，但也足以令我穷于应付，心神难专。等到曲终人散，又急于赶赴晚宴，不遑检视手提包及背袋，代提的主人又穿梭不息，始终无法定神查看。餐后走到户外，准备上车，天寒风起，需要戴帽，连忙逐袋寻找。这才发现，我的帽子不见了。

事后几位主人回去现场，又向接送的车中寻找，都不见帽子踪影。我存和我，夫妻俩像侦探，合力苦思，最后确见那帽子是在何时、何地，所以应该排除在某地、某时失去的可能，诸如此类过程。机场话别时，我仍不放心，还谆谆嘱咐潘明珠、樊善标，如果寻获，务必寄回高雄给我。半个月后，他们把我因"积重难返"而留下的奖牌、赠书、礼品等等寄到台湾。包裹层层解开，真相揭晓，那顶可怜的帽子，终于是丢定了。

仅仅为了一顶帽子，无论有多贵或是多罕见，本来也不会令我如此大惊小怪。但是那顶帽子不是我买来的，也不是他人送的，而是我身为人子继承得来的。那是我父亲生前戴过的，后来成了他身后的遗物，我存整理所发现，不忍径弃，就说动我且戴起来。果然正合我头，而且款式潇洒，毛色可亲，就一直戴下去了。

那顶帽子呈扁楔形，前低后高，戴在头上，由后脑斜压向前额，有优雅的缓缓坡度，大致上可称贝瑞软帽（beret），常覆在法国人头顶。至于毛色，则圆顶部分呈浅陶土色，看来温暖体贴。四周部分则前窄后宽，织成细密的十字花纹，为淡米黄色。戴在我的头上，倜傥风流，有欧洲名士的超逸，不止一次赢得研究所女弟子的青睐。但帽内的乾坤，只有我自知冷暖，天气愈寒，尤其风大，帽内就愈加温暖，仿佛父亲的手掌正护在我头上，掌心对着脑门。毕竟，同样的这一顶温暖曾经覆盖过父亲，如今移爱到我的头上，恩佑两代，不愧是父子相传的忠厚家臣。

回顾自己的前半生，有幸集双亲之爱，才有今日之我。当年父亲爱我，应该不逊于母亲。但小时我不常在他身边，始终呵护着我庇佑着我的，甚至在抗战沦陷区逃难，生死同命的，是母亲。呵护之亲，操作之劳，用心之苦，凡她力之所及，哪一件没有为我做过？反之，记忆中父亲从来没打过我，甚至也从未对我疾言厉色，所以绝非什么严父。不过父子之间始终也不亲热。小时他倒是常对我讲论圣贤之道，勉励我要立志立功。长夏的蝉声里，倒是有好几次父子俩坐在一起看书：他靠在躺椅上看《纲鉴易知录》，我坐在小竹凳上看《三国演义》。冬夜的桐油灯下，他更多次为我启蒙，苦口婆心引领我进入古文的世界，点醒了我的汉魄唐魂。张良啦，魏征啦，太史公啦，韩愈啦，都是他介绍我初识的。

　　后来做父亲的渐渐老了，做儿子的越长大了，各忙各的。他宦游在外，或是长期出差数下南洋，或担任同乡会理事长，投入乡情侨务；我则学府文坛，烛烧两头，不但三度旅美，而且十年居港，父子交集不多。自中年起他就因关节病苦于脚痛，时发时歇，晚年更因青光眼近于失明。二十三年前，我接中山大学之聘，由香港来高雄定居。我存即毅然卖掉台北的故居，把我的父亲、她的母亲一起接来高雄安顿。许多年来，父亲的病情与日常起居，幸有我存悉心照顾，并得我岳母操劳陪伴。身为他的独子，我却未能经常省视侍疾，想到五十年前在台大医院的加护病房，母亲临终时的泪眼，谆谆叮嘱："爸爸你要好好照顾。"实在愧疚无已。父亲和母亲鹣鲽情深，是我前半生的幸福所赖。只记得他们大吵过一次,却几乎不曾小吵。母亲逝于五十三岁,长她十岁的父亲,尽管亲友屡来劝婚,却终不再娶,鳏夫的寂寞守了三十四年,享年,还是忍年,九十七岁。

可怜的老人,以风烛之年独承失明与痛风之苦,又不能看报看电视以遣忧,只有一架古董收音机喋喋为伴。暗淡的孤寂中,他能想些什么呢?除了亡妻和历历的或是渺渺的往事。除了独子为什么不常在身边。而即使在身边时,也从未陪他久聊一会,更从未握他的手或紧紧拥抱住他的病躯。更别提四个可爱的孙女,都长大了吧,但除了幼珊之外,又能听得见谁的声音?

长寿的代价,是沧桑。

所以在遗物之中竟还保有他常戴的帽子,无异是继承了最重要的遗产。父亲在世,我对他爱得不够,而孺慕耿耿也始终未能充分表达。想必他深心一定感到遗憾,而自他去后,我遗憾更多。幸而还留下这么一顶帽子,未随碑石俱冷,尚有余温,让我戴上,幻觉未尽的父子之情,并未告终,幻觉依靠这灵媒之介,犹可贯通阴阳,串联两代,一时还不致径将上一个戴帽人完全淡忘。这一份与父共帽的心情,说得高些,是感恩,说得重些,是赎罪。不幸,连最后的这一点凭借竟也都失去,令人悔恨。

寒流来时,风势助威,我站在岁末的风中,倍加畏冷。对不起,父亲。对不起,母亲。

二〇〇九年四月

花鸟

客厅的落地长窗外,是一方不能算小的阳台,黑漆的栏杆之间,隐约可见谷底的小村,人烟暖暖。当初发明阳台的人,一定是一位乐观外向的天才,才会突破家居的局限,把一个幻想的半岛推向户外,向山和海,向半空晚霞和一夜星斗。

阳台而无花,犹之墙壁而无画,多么空虚。所以一盆盆的花,便从下面那世界搬了上来。也不知什么时候起,栏杆三面竟已偎满了花盆,但这种美丽的移民一点也没有计划,欧阳修所谓的"浅深红白宜相间,先后仍须次第栽",是完全谈不上的。这么十几盆栽,有的是初来此地,不畏辛劳,挤三等火车抱回来的,有的是同事离开中大的遗爱,也有的,是买了车后供在后座带回来的。无论是什么来历,我们都一般看待。花神的孩子,名号不同,容颜各异,但迎风招展的神态都是动人的。

朝西一隅,是茎藤四延和栏杆已绸缪难解的九重葛,开的是一串串粉白带浅紫的花朵。右边是一盆桂苗,高只近尺,花时竟也有高洁

121

清雅的异香，随风漾来。近邻是两盆茉莉和一盆玉兰。这两种香草虽不得列于《离骚》狂吟的芳谱，她们细腻而幽邃的远芬，却是我无力抵抗的。开窗的夏夜，她们的体香回泛在空中，一直远飘来书房里，嗅得人神摇摇而意惚惚，不能久安于座，总忍不住要推纱门出去，亲近亲近。比较起来，玉兰修长的白瓣香得温醇些，茉莉的丛蕊似更醉鼻餍心，总之都太迷人。

再过去是两盆海棠。浅红色的花，油绿色的叶，相配之下，别有一种民俗画的色调，最富中国韵味，而秋海棠叶的象征，从小已印在心头。其旁还有一盆铁海棠，虬蔓郁结的刺茎上，开出四瓣对称的深红小花。此花生命力最强，暴风雨后，只有她屹立不摇，颜色不改。再向右依次是绣球花，蟹爪兰，昙花，杜鹃。蟹爪兰花色洋红而神态凌厉，有张牙奋爪作势攫人之意，简直是一只花魔，令我不敢亲近。昙花已经绽过三次，一次还是双萼对开，真是吉夕素仙。夏秋之间，一夕盛放，皎白的千层长瓣，眼看她恣纵迅疾地展开，幽幽地吐出粉黄娇嫩的簇蕊，却像一切奇迹那样，在目迷神眩的异光中，甫启即闭了。一年含蓄，只为一夕的挥霍，大概是芳族之中最羞涩最自谦最没有发表欲的一姝了。

在这些空中半岛，啊不，空中花园之上，我是两园丁之一，专掌浇水，每日夕阳沉山，便在晚霞的浮光里，提一把白柄蓝身的喷水壶，向众芳施水。另一位园丁当然是阳台的女主人，专司杀虫施肥，修剪枝叶，翻掘盆土。有时蓓蕾新发，野雀常来偷食，我就攘臂冲出去，大声驱逐。而高台多悲风，脚下那山谷只敞对海湾，海风一起，便成了老子所谓"虚而不屈，动而愈出"的一具风箱。于是便轮到我一盆盆搬进屋来。寒流来袭，亦复如此。女园丁笑我是陶侃运甓。美，也是有代价的。

无风的晴日，盆花之间常依偎一只白漆的鸟笼。里面的客人是一只灰翼蓝身的小鹦鹉，我为它取名蓝宝宝。走近去看，才发现翅膀不是全灰，而是灰中间白，并带一点点蓝；颈背上是一圈圈的灰纹，两翼的灰纹则弧形相掩，饰以白边，状如鱼鳞。翼尖交叠的下面，伸出修长几近半身的尾巴，毛色深孔雀蓝，常在笼栏边拂来拂去。身体的细毛蓝得很轻浅，很飘逸。胸前有一片白羽，上覆浑圆的小蓝点，点数经常在变，少则两点，长全时多至六点，排成弧形，像一条项链。

蓝宝宝的可爱，不只外貌的娇美。如果你有耐性，多跟它做一会伴，就会发现它的语言天才。它参加我们的生活成为最受宠爱的"小家人"才半年，韩惟全由美游港，在我们家小住数日，首先发现它在牙牙学语，学我们的人语。起先我们不信，以为它时发时歇的咿唔唼喋，不过是禽类的哓哓自语，无意识的饶舌罢了。经惟全一提醒，蓝宝宝的断续鸟语，在侧耳细听之下，居然有点人话的意思。只是有时嗫嚅吞吐，似是而非，加以人腔鸟调，句读含混不清，那意境在人禽之间，恐怕连公冶长再世，也难以体会，更无论圣芳济了。

幸运的时候，蓝宝宝会吐出三两个短句："小鸟过来""干什么""知道了""臭鸟不乖"，还有节奏起伏的"小鸟小鸟小小鸟"。小小曲喙的发音设备,毕竟和人嘴不可"同日而语",所以人语的唇音齿音等等,蓝宝宝虽有娓娓巧舌,仍是模拟难工的。听说要小鹦鹉认真学话,得先施以剪舌的手术,剪了之后就不会那么"大舌头"了。此举是否见效,我不知道,但为了推行人语而违反人道,太无聊也太残忍了,我是绝对不肯的。无所不载无所不容的这世界,属于人,也属于花、鸟、虫、鱼;人类之间,禁止别人发言或强迫人人千口一词,也就够威武的了,又何必向禽兽去行人政呢?因此,盆中的铁海棠,女园丁和我都任其自然,不加扭曲,而蓝宝宝呢,会讲几句人话,固然能取悦于人,满足主人的虚荣心,我们也任其自由发展,从不刻意去教它。写到这里,又听到蓝宝宝在阳台上叫了。不过这一次它是和外面的野雀呼应酬答,是在鸟语。

那样的啁啾,该是羽类的世界语吧。而无论蓝宝宝是在阳台上或是屋里,只要左近传来鸠呼或雀噪,它一定脆音相应,一逗一答,一呼一和,旁听起来十分有趣,或许在飞禽的世界里,也像人世一样,南腔北调,有各种复杂的方言,可惜我们莫能分辨,只好一概称为鸟语。

平时说到鸟语,总不免想起"生生燕语明如翦,呖呖莺声溜的圆"之类的婉婉好音,绝少想到鸟语之中,也有极其可怖的一类。后来参观底特律的大动物园,进入了笼高树密的鸟苑,绿重翠叠的阴影里,一时不见高栖的众禽,只听到四周怪笑吃吃,惊叹咄咄,厉呼磔磔,盈耳不知究竟有多少巫师隐身在幽处施法念咒,真是听觉上最骇人的一次经验。看过希区柯克的悚栗片《鸟》，大家惊疑之余，都说真想不到鸟类会有这么"邪恶"。其实人类君临这个世界，品尝珍馐，饕餮万物，把一切都视为当然，却忘了自己经常捕囚或烹食鸟类的种种罪行有多么残忍了。兀鹰食人，毕竟先等人自毙；人食乳鸽，却是一笼一笼地蓄意谋杀。

想到此地，蓝光一闪，一片青云飘落在我的肩上，原来是有人把蓝宝宝放出来了。每次出笼，它一定振翅疾飞，在屋里回翔一圈，然后栖在我肩头或腕际。我的耳边、颈背、颔下，是它最爱来依偎探讨的地方。最温驯的时候，它会憩在人的手背，低下头来，用小喙亲吻人的手指，一动也不动地，讨人欢喜。有时它更会从嘴里吐出一粒"雀粟"来，邀你共享，据说这是它表示友谊的亲切举动，但你尽可放心，它不会强人所难的，不一会，它又径自啄回去了。有时它也会轻咬你的手指头，并露出它可笑的花舌头。兴奋起来，它还会不断地向你磕头，颈毛松开，瞳仁缩小，嘴里更是呢呢喃喃，不知所云。不过所谓"小鸟依人"，只是片面的，只许它来亲人，不许你去抚它。你才一伸手，它立刻回过身来面对着你，注意你的一举一动，不然便是蓝羽一张，早已飞之冥冥。

不少朋友在我的客厅里，常因这一闪蓝云的猝然降临而大吃一惊。女作家心岱便是其中的一位。说时迟那时快，蓝宝宝华丽的翅膀一收，已经栖在她的手腕上了。心岱惊魂未定，只好强自镇定，听我们向她夸耀小鸟的种种。后来她回到台北，还在《联合副刊》发表

《蓝宝》一文，以记其事。

我发现，许多朋友都不知道养一只小鹦鹉多么有趣，又多么简单。小鹦鹉的身价，就它带给主人的乐趣说来，是非常便宜的。在台湾，每只售六七十元，在香港只要港币六元，美国的超级市场里也常有出售，每只不过五六美金。在丹佛时，我先后养过四只，其中黄底灰纹的一只毛色特别娇嫩，算是珍品，则是花十五美金买来的。买小鹦鹉时，要注意两件事情。年龄要看额头和鼻端，额上黑纹愈密，鼻上色泽愈紫，则愈幼小，要买，当然要初生的稚婴，才容易和你亲近。至于健康呢，则要翻过身来看它的肛门，周围的细白绒毛要干，才显得消化良好。小鹦鹉最怕泻肚子，一泻就糟。

此外的投资，无非是一只鸟笼，两枝栖木，一片鱼骨和极其迷你的水缸粟钵而已。鱼骨的用场，是供它啄食，以吸取充分的钙质。那么小的肚子，耗费的粟量当然有限，再穷的主人也供得起的。有时为了调剂，不妨喂一点青菜和果皮，让它啄个三五口，也就够了。熟了以后，可以放出笼来，任它自由飞憩，不过门窗要小心关好，否则它爱向亮处飞，极易夺门而去。我养过的近十头小鹦鹉之中，就有两头是这么无端飞掉的。有了这种伤心的教训，我只在晚上才敢把鸟放出笼来。

小鸟依人，也会缠人，过分亲狎之后，也有烦恼的。你吃苹果，它便飞来奇袭，与人争食。你特别削一片喂它，它只浅尝三两口，仍纵回你的口边，定要和你分享大块。你看报，它便来嚼食纸边，吃得津津有味。你写字呢，它便停在纸上，研究你写些什么，甚至以为笔尖来回挥动是在逗它玩乐，便来追咬你的笔尖。要赶它回笼，可不容易。如果它玩得还未尽兴，则无论你如何好言劝诱或恶声威胁，都不能使它俯首归心。最后只有关灯的一招，在黑暗里，它是不敢飞的。于是你伸手擒来，毛茸茸软温温的一团，小心脏抵着你的手心猛跳，吱吱的抗议声中，你已经把它置回笼里。

蓝宝宝是大埔的菜市上六元买来的，在我所有的"禽缘"里，它是最乖巧最可爱的一只，现在，即使有谁出六千元，我也不肯舍弃它的。前年夏天，我们举家回台北去，只好把蓝宝宝寄在宋淇府上，劳宋夫人做了半个月的"鸟妈妈"。记得交托之时，还郑重其事，拟了一张"养鸟须知"的备忘录，悬于笼侧，文曰：

一　小米一钵，清水半缸，间日一换，不食烟火，俨然羽仙。

二　风口日曝之处，不宜放置鸟笼。

三　无须为鸟沐浴，造化自有安排。

四　智商仿佛两岁稚婴。略通人语，颇喜传讹。闺中隐私，不宜多言，慎之慎之。

一九七七年五月

/余光中散文精选/

开卷如开芝麻门

读书其实只是交友的延长。我们交友，只能以时人为对象，而且朋友的数量毕竟有限。但是靠了书籍，我们可以广交异时和异地的朋友；要说择友，那就更自由了。一个人的经验当然以亲身得来的最为真切可靠，可是直接的经验毕竟有限。读书，正是吸收间接的经验。是扩大现实，扩大我们的精神世界。

猛虎和蔷薇

英国当代诗人西格夫里·萨松（Siegfried Sassoon，1886—1967）曾写过一行不朽的警句：In me the tiger sniffs the rose. 勉强把它译成中文，便是："我心里有猛虎在细嗅蔷薇。"

如果一行诗句可以代表一种诗派（有一本英国文学史曾举柯立芝《忽必烈汗》中的三行诗句："好一处蛮荒的所在！如此的圣洁、鬼怪，像在那残月之下，有一个女人在哭她幽冥的欢爱！"为浪漫诗派的代表），我就愿举这行诗为象征诗派艺术的代表。每次念及，我不禁想起法国现代画家昂利·卢梭（Henri Rousseau，1844—1910）的杰作《沉睡的吉卜赛人》。假使卢梭当日所画的不是雄狮逼视着梦中的浪子，而是猛虎在细嗅含苞的蔷薇，我相信，这幅画同样会成为杰作。惜乎卢梭逝世，而萨松尚未成名。

我说这行诗是象征诗派的代表，因为它具体而又微妙地表现出许多哲学家所无法说清的话：它表现出人性里两种相对的本质，但同时更表现出那两种相对的本质的调和。假使他把原诗写成了"我心里有猛虎雄踞在花旁",那就会显得呆笨、死板,徒然加强了人性的内在矛盾。只有原诗才算恰到好处,因为猛虎象征人性的一方面,蔷薇象征人性的另一面,而"细嗅"刚刚象征着两者的关系,两者的调和与统一。

原来人性含有两面:其一是男性的,其一是女性的;其一如苍鹰,如飞瀑,如怒马;其一如夜莺,如静池,如驯羊。所谓雄伟和秀美,所谓外向和内向,所谓戏剧型的和图画型的,所谓狄俄尼索斯艺术和阿波罗艺术,所谓"金刚怒目,菩萨低眉",所谓"静如处子,动如脱兔",所谓"骏马秋风冀北,杏花春雨江南",所谓"杨柳岸,晓风残月"和"大江东去",一句话,姚姬传所谓的阳刚和阴柔,都无非是这两种气质的注脚。两者粗看若相反,实则乃相成。实际上每个人多多少少都兼有这两种气质,只是比例不同而已。

东坡有幕士,尝谓柳永词只合十七八女郎,执红牙板,歌"杨柳岸,晓风残月";东坡词须关西大汉,铜琵琶,铁绰板,唱"大江东去"。东坡为之"绝倒"。他显然因此种阳刚和阴柔之分而感到自豪。其实东坡之词何当都是"大江东去"?"笑渐不闻声渐悄,多情却被无情恼""绣帘开,一点明月窥人",这些词句,恐怕也只合十七八女郎曼声低唱吧?而柳永的"长安古道马迟迟,高柳乱蝉嘶",以及"渡万壑千岩,越溪深处。怒涛渐息,樵风乍起,更闻商旅相呼,片帆高举。"又是何等境界!就是晓风残月的上半阕那一句"暮霭沉沉楚天阔",谁能说它竟是阴柔?他如王维以清淡胜,却写过"一身转战三千里，一剑曾当百万师"的诗句；辛弃疾以沉雄胜，却写过"罗帐灯昏，哽咽梦中语"的词句。再如浪漫诗人济慈和雪莱，无疑地都是阴柔的了。可是清啭的夜莺也曾唱过"或是像精壮的科德慈，怒着鹰眼，凝视在太平洋上"。就是在那阴柔到了极点的《夜莺曲》里，也还有这样的句子："同样的歌声时常——迷住了神怪的长窗——那荒僻妖土的长窗——俯临在惊险的海上。"至于那只云雀，他那《西风歌》里所蕴藏的力量，简直是排山倒海，雷霆万钧！还有那一首十四行诗《阿西曼地亚斯》（*Ozymandias*），除了表现艺术不朽的思想不说，只其气象之伟大，魄力之雄浑，已可匹敌太白的"西风残照，汉家陵阙"。

也就是因为人性里面，多多少少地含有这相对的两种气质，许多人才能够欣赏和自己气质不尽相同，甚至大不相同的人。例如在英国，华兹华斯欣赏弥尔顿，拜伦欣赏蒲柏，夏洛蒂·勃朗特欣赏萨克雷，司各特欣赏简·奥斯丁，史云朋欣赏兰道，兰道欣赏白朗宁。在我国，辛弃疾欣赏李清照也是一个最好的例子。

但是平时为什么我们提起一个人，就觉得他是阳刚，而提起另一个人，又觉得他是阴柔呢？这是因为各人心里的猛虎和蔷薇所成的形势不同。有人的心原是虎穴，穴口的几朵蔷薇免不了猛虎的践踏；有人的心原是花园，园中的猛虎不免给那一片香潮醉倒。所以前者气质近于阳刚而后者气质近于阴柔。然而踏碎了的蔷薇犹能盛开，醉倒了的猛虎有时醒来。所以霸王有时悲歌，弱女有时杀贼；梅村、子山晚作悲凉，萨松在第一次大战后出版了低调的《心旅》（*The Heart's Journey*）。

"我心里有猛虎在细嗅蔷薇。"人生原是战场，有猛虎才能在逆流中立定脚跟，在逆风里把握方向，做暴风雨中的海燕，做不改颜色的孤星。有猛虎，才能创造慷慨悲歌的英雄事业；涵蕴耿介拔俗的志士胸怀，才能做到孟郊所谓的"镜破不改光，兰死不改香"！同时人生又是幽谷，有蔷薇才能烛隐显幽，体贴入微；有蔷薇才能看到苍蝇搓脚，蜘蛛吐丝，才能听到暮色潜动，春草萌芽，才能做到"一沙一世界，一花一天国"。在人性的国度里，一只真正的猛虎应该能充分地欣赏蔷薇，而一朵真正的蔷薇也应该能充分地尊敬猛虎；微蔷薇，猛虎变成了菲力斯旦（Philistine）；微猛虎，蔷薇变成了懦夫。韩黎诗："受尽了命运那巨棒的痛打，我的头在流血，但不曾垂下！"华兹华斯诗："最微小的花朵对于我，能激起非泪水所能表现的深思。"完整的人生应该兼有这两种至高的境界。一个人到了这种境界，他能动也能静，能屈也能伸，能微笑也能痛哭，能像二十世纪人一样的复杂，也能像亚当夏娃一样的纯真，一句话，他心里已有猛虎在细嗅蔷薇。

一九五二年十月

没有人是一个岛

——想起了痖弦的《一九八〇年》

二十三年以前,一位才华初发的青年诗人,向往未来与远方,写了一首乌托邦式的成人童话诗,设想美妙,传诵一时。那首诗叫作《一九八〇年》,作者痖弦,当时只有二十五岁。诗的前两段是这样的:

老太阳从蓖麻树上漏下来,
那时将是一九八〇年。

我们将有一座
费一个春天造成的小木屋,
而且有着童话般红色的顶
而且四周是草坡,牛儿在啮草
而且,在澳洲。

当时的戏言，今朝已来到眼前，这已是一九八〇年了。不知怎的，近来时常想起痖弦的这首少作。二十多年来，台湾变了很多，世界整个变了，连诗人向往的澳洲也变了不少。痖弦，并没有移民去澳洲，将来显然也不会南迁。这些年来，他去过美国、欧洲、印度、南洋，却始终未去澳洲。

倒是我，去过澳洲两个月，彼邦的大城都游历过，至于草坡上的红顶小屋，也似乎见过一些。八年前的今天，我正在悉尼。如果二十五岁的痖弦突然出现在眼前，问我那地方到底如何，我会说："当然很好，不但袋鼠母子和宝宝熊都很好玩，连二次大战都似乎隔得很远。不但如此，台北盆地正热得要命，还要分区节水，那里却正是清凉世界，企鹅绅士们都穿得衣冠楚楚，在出席海滨大会。不过，如果我是你，就不会急着搬去那里，宁可留在台湾。"

一人之梦，他人之魇。少年痖弦心中的那片乐土，在"澳厮"（Aussie）们自己看来，却没有那么美好。远来的和尚会念经，远方的经也似乎好念些，其实家家的经都不好念。

澳洲并不全是草地，反之，浩阔的内陆尽是沙漠，又干又热，一无可观。我在沙漠的中心爱丽丝泉，曾经住过一夜。那小镇只有一条街，从这头踱到那头，不过一盏茶的工夫，树影稀疏的街口，外面只有一条灰白的车路，没向万古的荒沙之中。南北两边的海岸，都在一千公里以外，最近的大都市更远达一千五百公里，真是遁世的僻乡了。只是到了夜里，人籁寂寂，天籁齐歌，像躺在一只坏了的钟里，横听竖听,都没有声音。要不是袋里还有张回程的机票,真难相信我还能生还文明。

澳洲的名诗人,我几乎都见过了。侯普(A.D.Hope)赠我的书中,第一首诗便是他的名作《澳大利亚》,劈头第一句便诅咒他的乡土,说它是一片"心死"的大陆,令我大为惊颤。澳洲的大学招不足学生,一来人口原就稀少,二来中学毕业就能轻易找到工作。大学教授向我埋怨,说一个月的薪水,百分之四十几都纳了税。悉尼的街头也有不少盗匪,夜行人仍要小心。堪培拉公园里,有新几内亚的土人扎营守坐,作独立运动之示威,令陪我走过的澳洲朋友感到尴尬。东北岸外,法国人正在新加里多尼亚岛附近试验核爆,令澳洲青年愤怒示威。谁说南半球见不到蕈状云呢?

如果还有谁对那片"乐土"抱有幻想,他不妨去看看澳洲自制的连续剧《女囚犯》。这一套电视片长达三十集,主要的场景是澳洲一座专关女囚犯的监狱。一个个女犯人的故事,当初如何犯法,如何入狱,后来如何服刑,如何上诉,又如何冤情大白,获释出去,都有生动明快的描写。当然女犯人的结局,不都是欢天喜地走出狱门。也有不幸的一群,或死在牢里,或放出去后不见容于社会,反觉天地为窄而牢狱为宽,世情太冷,不如狱中友情之温,宁愿再蹈法网,解回旧狱。澳洲原是古时英国流放罪犯之地,幽默的澳洲朋友也不讳言他们是亡命徒流浪汉的后人。也难怪他们的电视界能推出这么一部铁窗生涯的写实杰作。

痖弦的《一九八〇年》仍不失为一首可爱的好诗，但毕竟是二十多年前的作品，我敢说作者的少年情怀，如今已不再了。那时台湾的新诗风行着异国情调，不但痖弦的某些少作，就连土生土长的叶珊、陈锦标、陈东阳等的作品也是如此。爱慕异国情调，原是青年人理想主义的一种表现。兼以当时台湾的文化、社会、政治各方面都没有现在这么开放，一切都没有现在这么进步，青年作家们多少都有一点"恐闭症"，所以向往外面的世界，也是一种可解的心情，不必动辄说成什么"崇洋"。二十多年下来，我这一辈的心情已经完全相反：以前我们幻想，乐土远在天边，现在大家都已憬然省悟，所谓乐土，岂不正是脚下的这块土地，世界上最美好的岛屿？原则上，澳洲之大，也只是一个岛屿罢了。然则在澳洲和台湾之间，今天的痖弦当然是选择自己的家岛。今天，年轻的一代莫不热烈地拥抱这一片土地和这一个社会，认同乡土，一时蔚为风气，诚然十分可喜。

二十多年的留学潮似乎是淡下去了。从远飏海外到奉献本土，青年态度的扭转，正是民族得救文化新生的契机。人对社会的要求和奉献，应成正比：要求得高，就应奉献得多；有所奉献，才有权利有所要求。对社会只有奉献而不要求，不要求它变得更合理更进步，那是愚忠。"不问收获"，是不对的。反之，对社会只有要求而不奉献，那是狂妄与自私。不过留学潮也不是全无正面的意义，因为我们至少了解了西方，而了解西方之长短正所以了解中国，了解中西之异同。"不到黄河心不死"，许多留学生却是"不到纽约心不死"。同时，远飏海外也还有身心之分。有的人身心一起远飏了，从此做外国人，那也干脆。有的人身在海外而心存本土，地虽偏而心不远，这还是一个正数，不是负数。但是这种人还可分成两类。第一类"心存"的方式，只是对本土的社会提出要求，甚至是苛求，例如"台湾为什么还不像美国"等等，却忘了他自己并未奉献过什么。第二类"心存"的方式，则是奉献，不论那是曾经奉献，正在奉献，或是准备奉献。这种奉献，虽阻隔于地理，却有功于文化。例如肖邦，虽远飏于法国，却以音乐奉献于波兰，然则肖邦在法国，正是波兰的延伸，不是波兰的缩减。"正数"的留学生，都可以作"台湾的延伸"看待。

　　痖弦也曾经两度留学，但到了一九八〇年，却没有像他在早年诗中所预言的，落户在异国。从远飏到回归，正是痖弦这一辈认同台湾的过程，这过程十分重要。时至今日，谁是过客，谁是归人，已经十分清楚。对他这一辈的作家，台湾给他们写作的环境，写作的同伴，出版他们的作品，还给他们一群读者和一些批评家，而这是别的社会无法提供的。痖弦属于河南，但是他似乎更属于台湾，当然他完全属于中国。所谓家，不应单指祖传的一块地，更应包括自己耕耘的田。对于在台湾成长的作家，台湾自然就是他们的家。这也许不是"出生权"，却一定是"出力权"。"出力权"，正是"耕者有其田"的意思。《一九八〇年》诗末有这么两句：

　　　　我说你还赶做什么衣裳呀，

留那么多的明天做什么哩？

这话颇有心理根据。移民到了澳洲，就到了想象中的天堂，但天堂里的日子其实很闷人，"明天"在天堂里毫无意义，因为它无须争取。我认为，《桃花源记》里的生活虽然美满，但如果要我选择，我宁可跟随诸葛亮在西蜀奋斗，因为诸葛亮必须争取明天，但是明天对桃源中人并无意义。

我知道颇有些朋友以台湾为一岛屿而感到孤立、气馁，也听人说过，台湾囿于地理，文学难见伟大的气魄。这话我不服气。拿破仑生在岛上，也死在岛上，却影响了一代的欧陆。说到文学，莎浮诞生的莱思波斯，萧克利多斯诞生的西西里，都是岛屿，而据说荷马也降世于凯奥司岛。日本和英国不用多说，即以爱尔兰而言，不也出了斯威夫特、王尔德、萧伯纳、叶芝、乔伊斯、贝凯特？

苏轼，应该是我国第一位在海岛上写作的大诗人了。他的高见总该值得我们注意。《苏海识馀》卷四有这么一则："东坡在儋耳，因试笔尝自书云：'吾始至海南，环视天水无际，凄然伤之曰：何时得出此岛耶？已而思之，天地在积水中，九州在大瀛海中，中国在少海中，有生孰不在岛者？覆盆水于地，芥浮于水，蚁附于芥，茫然不知所济。少焉水涸，蚁即径去，见其类，出涕曰：几不复与子相见！岂知俯仰间之有方轨八达之路乎？念此可以一笑。戊寅九月十二日，与客饮薄酒小醉，信笔书此纸。'"

东坡真不愧旷代文豪，虽自称信笔所之，毕竟胸襟开阔，不以岛居为囿，却说"有生孰不在岛者"？髯苏当时的地理观念，竟和今日的实况相合。痖弦当年要去的澳洲，不正是一个特大号的岛吗？亚、非、欧三大洲，也不过合成一个巨岛。想开些，我们这青绿间白的水陆大球，在太空人眷眷回顾之中，不也只是一座太空岛吗？

不过，苏轼的这一番自宽之词，要慰勉我们接受的，只是地理上的囿限，绝非心理上的自蔽。"俯仰间之有方轨八达之路"，他在文末已经说得明白。他的名句"不识庐山真面目，只缘身在此山中"，更点出客观观点的重要。岛屿只是客观的存在，如果我们竟在主观上强调岛屿的地区主义，在情绪上过分排外，甚至在意识上要脱离中国文化的大传统，那就是地理的囿限又加上心理的自蔽，这种趋势却是不健康的。诗人邓约翰的一段布道词，也是海明威一部小说题名之所本，不妨与苏轼之文并读："没有人是一个岛，自给自足；每个人都是大陆的一部分，整体的一片段。如果一块土被海浪冲走，则欧洲的损失，正如冲走了一角海岬，冲走了你朋友的田庄或是你自己的田庄。不论谁死了，我都受损，因为我和人类息息相关。所以不要派人去问，丧钟为谁而敲。丧钟为你而敲。"

一九八〇年八月四日

开卷如开芝麻门

"人生识字忧患始,姓名粗记可以休。"项羽这种英雄人物,当然不喜欢读书。

刘邦也不喜欢读书,甚至也不喜欢读书人。不过刘邦会用读书人,项羽有范增而不会用,汉胜楚败,这也是一个原因。苏轼这两句诗倒也不尽是戏言,因为一个人把书读认真了,就忍不住要说话,而说真话常有严重的后果。这一点,坐牢贬官的苏轼当然深有体会……

这种"读书有罪"的意识加于读书人的身份压力,在资本主义的社会里,也感觉得到。海外的知识分子里,也有一些人只因自己读过几本书而忸怩不安,甚至感到罪孽深重。为了减轻心头的压力,他们尽量抑低自己知识分子的形象,或者搬弄几个十九世纪的老名词贬低其他的知识分子,以示彼此有别。

其实在目前的社会,知识分子与非知识分子之间,早已愈来愈难"划清界限"。

义务教育愈来愈普及,大众媒介也多少在推行社会教育,而各行各业的在职训练也不失为一种专才教育，所以在年轻人里要找绝对的非知识分子，已经很难了。

且举一例，每年我回台北，都觉得计程车司机的知识水准在逐渐提高。从骆驼祥子到三轮车夫，从三轮车夫到今日的计程车司机，这一行在这一方面显然颇有变化。其他行业，或多或少，也莫不如此。……到今天，我们都应该承认，无论在什么社会，要是把读过书的人划为一个特殊的阶级，使它和其他的人对立起来，甚至加以羞辱、压抑，绝非健康之举。

读书其实只是交友的延长。我们交友，只能以时人为对象，而且朋友的数量毕竟有限。但是靠了书籍，我们可以广交异时和异地的朋友；要说择友，那就更自由了。一个人的经验当然以亲身得来的最为真切可靠，可是直接的经验毕竟有限。

读书，正是吸收间接的经验。生活至上论者说读书是逃避现实，其实读书是扩大现实，扩大我们的精神世界。就算是我们的亲身经验，也不妨多听听别人对相似的经验有什么看法，以资印证。相反地，我认为不读书的人才逃避现实，因为他只生活在一种空间。英国文豪约翰生说："写作的唯一目的，是帮助读者更能享受或忍受人生。"倒过来说，读书的目的也在加强对人生的享受，如果你得意；或是对人生的忍受，如果你失意。

在知识爆炸的现代，书，是绝对读不完的。如果读书不得其法，则一味多读也并无意义。古人矜博，常说什么"于学无所不窥"，什么"一物不知，君子之耻"。西方在文艺复兴的时代，也多通人，即所谓Renaissance man。十六世纪末年，培根在给伯利勋爵的信中竟说："天下学问皆吾本分。"现代的学者，谁敢讲这种话呢？学问的专业化与日俱进，书愈出愈多，知识愈积愈厚，所以愈到后代，愈不容易做学问世界的亚历山大了。

不过，知识爆炸不一定就是智慧增高。我相信，今人的知识一定胜过古人，但智慧则未必。新知识往往比旧知识丰富、正确，但是真正的智慧却难分新旧。知识，只要收到就行了。智慧却需要再三玩味，反复咀嚼，不断印证。如果一本书愈读愈有味，而所获也愈丰，大概就是智慧之书了。据说《天路历程》的作者班扬，生平只熟读一部书：《圣经》。弥尔顿是基督教的大诗人，当然也熟读《圣经》，不过他更博览群书。其结果，班扬的成就也不比弥尔顿逊色多少。真能善读一本智慧之书的读者，离真理总不会太远，无论知识怎么爆炸，也会得鱼忘筌的吧。

叔本华说："只要是重要的书，就应该立刻再读一遍。"他所谓的重要的书，正是我所谓的智慧之书。要考验一本书是否不朽，最可靠的试金石当然是时间。古人的经典之作，已经有时间为我们鉴定过了；今人的呢，可以看看是否经得起一读再读。一切创作之中，最耐读的恐怕是诗了。就我而言，"峨眉山月半轮秋"和"岐王宅里寻常见"，我读了几十年，几百遍了，却并未读厌，所以赵翼的话"至今已觉不新鲜"，是说错了。其次，散文、小说、戏剧，甚至各种知性文章等等，只要是杰作，自然也都耐读。奇怪的是，诗最短，应该一览无遗，却时常一览不尽。相反地，卷帙浩繁，令人读来废寝忘食的许多侦探故事和武侠小说，往往不能引人看第二遍。凡以情节取胜的作品，真相大白之后也就完了。真正好的小说，很少依赖情节。诗最少情节，就连叙事诗的情节，也比小说稀薄，所以诗最耐读。

朱光潜说他拿到一本新书，往往选翻一两页，如果发现文字不好，就不读下去了。我要买书时，也是如此。这种态度，不能斥为形式主义，因为一个人必须想得清楚，才能写得清楚；反之，文字夹杂不清的人，思想一定也混乱。所以文字不好的书，不读也罢。有人立刻会说，文字清楚的书，也有一些浅薄得不值一读。

当然不错，可是文字既然清楚，浅薄的内容也就一目了然，无可久遁。倒是偶尔有一些书，文字虽然不够清楚，内容却有其分量，未可一概抹杀。某些哲学家之言便是如此。不过这样的哲学家，我也只称为有分量的哲学家，无法称为清晰动人的作家。如果有一位哲学家的哲学与唐君毅的相当或相近，而文字却比较清畅，我宁可读他的书，不读唐书。一位作家如果在文字表达上不为读者着想，那就有一点"目无读者"，也就不能怪读者可能"目无作家"了。朱光潜的试金法，颇有道理。

凡是值得读的智慧之书，都值得精读，而且再三诵读。古人所谓的"一目十行"，只是修辞上的夸张。"一目十行"只有两种情形：一是那本书不值得读；二是那个人不会读书。精读一本书或一篇作品，也有两种情形：一是主动精读，那当然自由得很；二是被迫精读，那就是以该书或该文为评论、翻译或教课的对象。要把一本书论好、译好、教好，怎能不加精读？所以评论家（包括编者、选家、注家）、翻译家、教师等等都是很特殊的读者，被迫的精读者。这种读者一方面为势所迫，只许读通，不许读错，一方面较有专业训练，当然读得更精。经得起这批特殊读者再三精读的书，想必是佳作。经得起他们读上几十年几百年的书，一定成为经典了。普通的读者呢，当然也有他们的影响力，但是往往接受特殊读者的"意见领导"。

世界上的书太多了，就算是智慧之书也读不完，何况愈到后代，书的累积也愈大。一个人没有读过的书永远多于读过的书，浅尝之作也一定多于精读之作。不要说陌生人写的书了，就连自己朋友写的书，也没有办法看完。不是不想看完，而是根本没有时间，何况历代还有那么多的好书，早就该看而一直没有看的，正带着责备的眼色等你去看？对许多人说来，永远只有很少的书曾经精读，颇多的书曾经略读，更多的书只是道听途说，而绝大多数的书根本没听说过。

略读的书单独看来似乎没有多大益处，但一加起来就不同了。限于时间和机缘，许许多多的好书只能略加翻阅，不能深交。不过这种点头之交（nodding acquaintance）十分重要，因为一旦需要深交，你知道该去哪里找它。很多深交都是这么从初交变成的。略读之网撒得愈广愈好。真正会读书的人，一定深谙略读之道，即使面对千百好书，也知道远近缓急之分。要点在于：妄人常把略读当成深交，智者才知道那不过是点头浅笑。有些书不但不宜精读，且亦不必略读，只能备读，例如字典。据说有人读过《大英百科全书》，这简直是以网汲水，除了迂阔之外，不知道还能证明什么？

有些人略读，作为精读的妥协，许多大学者也不免如此。有些人只会略读，因为他们没有精读的训练或毅力。更有些人略读，甚至掠读，只为了附庸风雅。这种态度当然会产生弊端，常被识者所笑。我倒觉得附庸风雅也不全是坏事，因为有人争附风雅，正显得风雅当道，风雅有"善势力"，逼得一般人都来攀附，未必心服，却至少口服。

附庸风雅的人多半是后知后觉，半知半觉，甚或是不知不觉，但是他们不去学野蛮，却来学风雅，也总算见贤思齐，有心向善，未可厚非。有人附庸风雅，才有人来买书；有人买书，风雅才能风雅下去。据我看来，附庸风雅的人不去图书馆借书，只去书店买书。新书买来了，握在手里，提在口头，陈于架上，才有文化气息。书香，也不能不靠铜臭。

当然，买书的人并非都在附庸风雅。文化要发达，书业要旺盛，实质上要靠前述的那一小撮核心分子的特殊读者来推波助澜。一般读者正是那波澜，至于附庸风雅的人，就是波澜激起的浪花，更显得波澜之壮阔多姿。大致说来，有钱人不想买书，就算"买点文化"来做客厅风景，也是适可而止。反过来呢，爱书的人往往买不起文化，至少不能放手畅买，到精神的奢侈得以餍足的程度。

亚历山大恨世界太小,更无余地可以征服,牛顿却叹学海太大,只能在岸边拾贝。书海,也就是学海了。逛大书店,对华美豪贵的精装巨书手抚目迷,"意淫"一番,充其量只像加州的少年在滩边踏板冲浪罢了,至于海,是带不回家的。我在香港,每个月大概只买三百元左右的书刊,所收台港两地的赠书恐怕也值三百元。这样子的买文化,只能给我"过屠门而磨牙"的感觉,连小康也沾不上,遑论豪奢?要我放手畅买的话,十万元也不嫌多。

看书要舒服,当然要买硬封面的精装本,但价格也就高出许多。软封面的平装本,尤其是胶背的一种,反弹力强得恼人,摊看的时候总要用手去镇压。遇到翻译或写评时需要众书并陈,那就不知要动员多少东西来镇压这一批不驯之徒。台灯、墨水瓶、放大镜、各种各样的字典和参考书,一时纷然杂陈,争据桌面,真是牵一发而动全身。这时,真恨不得我的书桌大得像一张乒乓球桌,或是其形如扇,而我坐在扇柄的焦点。我曾在伦敦的卡莱尔故居,见到文豪生前常用的一张扶手椅,左边的扶手上装着一具阅读架,可以把翻开的书本斜倚在架上,架子本身也可作九十度的推移,椅前还有一只厚垫可以搁脚。不过,这只能让人安坐久读,却不便写作时并览众书。

有时新买了一部漂亮的贵书回来,得意摩挲之余,不免也有一点犯罪感,好像是又娶了一个妾,不但对不起原有的满架藏书,也有点对不起太太。书房里一架架的藏书,有许多本我非但不曾精读,甚至略读也说不上,辜负了众美,却又带了一位回来,岂不成了阿拉伯的油王？至于太太呢，她也有自己的嗜好，例如玉器，却舍不得多买。要是她也不时这么放纵一下，又怎么办呢？而我，前几天不是才买过一批书吗，怎么又要买了？我的理由，例如文化投资、研究必备等等，当然都光明正大。幸好太太也不是未开发的头脑，每次见我牵了新欢进门，最多纵容地轻叹一声，也就姑息下去了。其实对我自己说来，不断买书，虽然可以不断满足占有欲而乐在其中，但是烦恼也在其中。为学问着想，我看过的书太少；为眼睛着想，我看过的书又太多了。这矛盾始终难解，太太又不断恫吓我说，再这么鹭鸶一般弯颈垂头在书页的田埂之上，要防颈骨恶化，脊骨退化，并举几个朋友做反面教材。

除了这些威胁的阴影之外，最大的问题是书的收藏。每个读书人的藏书，都是用时不够，藏时嫌多。我在台北的藏书原有两千多册，去港九年搜集的书也有一千多册了，不但把办公室和书房堆得满坑满谷，与人争地，而且采行扩充主义，一路侵入客厅、饭厅、卧室、洗衣间，只见东一堆，西一叠，各占山头，有进无退，生存的空间饱受威胁。另一现象，是不要的书永远在肘边，要找的呢，就忽然神秘失踪，到你不要时又自动出现。我对太太说，总有一天我们车尾的行李箱也要用来充书库了。问题是，这几千本书目前虽可用"双城记"分藏在台北和香港，将来我迁回台北，这"两地书"却该怎么合并？

然而书这东西，宁愿它多得成灾，也不愿它少得寂寞。从封面到封底，从序到跋，从扉页的憧憬到版权页的现实，书的天地之大，绝不止于什么黄金屋和颜如玉。那美丽的扉页一开,真有"芝麻开门"的神秘诱惑,招无数心灵进去探宝。古人为了一本借来的书限期到了,要在雪地里长途跋涉去还给原主。在书荒的抗战时代,我也曾为了喜欢一本借来的天文学入门,在摇曳如梦的桐油灯下逐页抄录。就在那时,陆蠡为了追讨日本兵没收去的书籍,而受刑致死。在书劫的"文革"时期,除了特别的几本书随风飞扬如枫林之外,一切"封资修"的毒草害书,不是抄走,便是锁起,或者被焚于火里。无数的读书人都诀别了心爱的藏书,可惊的是,连帝俄的作家都难逃大劫。请看四川诗人流沙河的《焚书》吧:

留你留不得,

藏你藏不住。

今宵送你进火炉,

永别了,契诃夫!

夹鼻眼镜山羊胡,

你在笑,我在哭。

灰飞烟灭光明尽,

永别了,

契诃夫!

一九八三年六月

凡·高的向日葵

凡·高一生油画的产量在八百幅以上，但是其中雷同的画题不少，每令初看的观众感到困惑。例如他的自画像，就多达四十多幅。阿罗时期的《吊桥》，至少画了四幅，不但色调互异，角度不同，甚至有一幅还是水彩。《邮差鲁兰》和《嘉舍大夫》也都各画了两张。至于早期的代表作《食薯者》，从个别人物的头像素描到正式油画的定稿，反反复复，更画了许多张。凡·高是一位求变、求全的画家，面对一个题材，总要再三检讨，务必面面俱到，充分利用为止。他的杰作《向日葵》也不例外。

早在巴黎时期，凡·高就爱上了向日葵。并且画过单枝独朵，鲜黄衬以亮蓝，非常艳丽。一八八八年初，他南下阿罗，定居不久，便邀高更从西北部的布列塔尼去阿罗同住。这正是凡·高的黄色时期，更为了欢迎好用鲜黄的高更去"黄屋"同住，他有意在十二块画板上画下亮黄的向日葵，作为室内的装饰。

凡·高在巴黎的两年，跟法国的少壮画家一样，深受日本版画的影响。从巴黎去阿罗不过七百公里，他竟把风光明媚的普罗旺斯幻想成日本。阿罗是古罗马的属地，古迹很多，居民兼有希腊、罗马、阿拉伯的血统，原是令人悠然怀古的名胜。凡·高却志不在此，一心一意只想追求艺术的新天地。

到阿罗后不久，他就在信上告诉弟弟："此地有一座柱廊，叫作圣多芬门廊，我已经有点欣赏了。可是这地方太无情，太怪异，像一场中国式的噩梦，所以在我看来，就连这么宏伟风格的优美典范，也只属于另一世界：我真庆幸，我跟它毫不相干，正如跟罗马皇帝尼禄的另一世界没有关系一样，不管那世界有多壮丽。"

凡·高在信中不断提起日本，简直把日本当成亮丽色彩的代名词了。他对弟弟说：

"小镇四周的田野盖满了黄花与紫花，就像是——你能够体会吗？——一个日本美梦。"

由于接触有限，凡·高对中国的印象不正确，而对日本却一见倾心，诚然不幸。他对日本画的欣赏，也颇受高更的示范引导。去了阿罗之后，更进一步，用主观而武断的手法来处理色彩。向日葵，正是他对"黄色交响"的发挥，间接上，也是对阳光"黄色高调"的追求。

一八八八年八月底，凡·高去阿罗半年之后，写信给弟弟说："我正在努力作画，起劲得像马赛人吃鱼羹一样。要是你知道我是在画几幅大向日葵，就不会奇怪了。我手头正画着三幅油画……第三幅是画十二朵花与蕾插在一只黄瓶里（三十号大小）。所以这一幅是浅色衬着浅色，希望是最好的一幅。也许我不止画这么一幅。既然我盼望跟高更同住在自己的画室里，我就要把画室装潢起来。除了大向日葵，什么也不要……这计划要是能实现，就会有十二幅木版画。整组画将是蓝色和黄色的交响曲。每天早晨我都乘日出就动笔，因为向日葵谢得很快，所以要做到一气呵成。"

过了两个月，高更就去阿罗和凡·高同住了。不久，两位画家因为艺术观点相异，屡起争执。凡·高本就生活失常，情绪紧张，加以一生积压了多少挫折，每天更冒着烈日劲风出门去赶画，甚至晚上还要在户外借着烛光捕捉夜景，疲惫之余，怎么还禁得起额外的刺激？耶诞前两天，他的狂疾初发。耶诞后两天，高更匆匆回了巴黎。凡·高住院两周，又恢复作画，直到一八八九年二月四日，才再度发作，又卧病两周。一月二十三日，在两次发作之间，他写给弟弟的一封长信，显示他对自己的这些向日葵颇为看重，而对高更的友情和见解仍然珍视。他说：

如果你高兴，你可以展出这两幅《向日葵》。高更会乐于要一幅的，我也很愿意让高更大乐一下。所以这两幅里他要哪一幅都行，无论是哪一幅，我都可以再画一张。

你看得出来，这些画该都抢眼。我倒要劝你自己收藏起来，只跟弟媳妇私下赏玩。这种画的格调会变的，你看得愈久，它就愈显得丰富。何况，你也知道，这些画高更非常喜欢，他对我说来说去，有一句是："那……正是……这种花。"

你知道，芍药属于简宁（Jeannin），蜀葵归于郭司特（Quost），可是向日葵多少该归我。

足见凡·高对自己的《向日葵》信心颇坚，简直是当仁不让，非他莫属。这些光华照人的向日葵，后世知音之多，可证凡·高的预言不谬。在同一封信里，他甚至这么说："如果我们所藏的蒙提且利那丛花值得收藏家出五百法郎，说真的也真值，则我敢对你发誓，我画的向日葵也值得那些苏格兰人或美国人出五百法郎。"

凡·高真是太谦虚了。五百法郎当时只值一百美金，他说这话，是在一八八八年。几乎整整一百年后，在一九八七年的三月，其中的一幅《向日葵》在伦敦拍卖所得，竟是画家当年自估的三十九万八千五百倍。要是凡·高知道了，会有什么感想呢？要是他知道，那幅《鸢尾花圃》售价竟高过《向日葵》，又会怎么说呢？

一八九〇年二月，布鲁塞尔举办了一个"二十人展"（Les Vingt）。主办人透过西奥，邀请凡·高参展。凡·高寄了六张画去，《向日葵》也在其中，足见他对此画的自信。结果卖掉的一张不是《向日葵》，而是《红葡萄园》。非但如此，《向日葵》在那场画展中还受到屈辱。参展的画家里有一位专画宗教题材的，叫作德格鲁士（Henry de Groux），坚决不肯把自己的画和"那盆不堪的向日葵"一同展出。在庆祝画展开幕的酒会上，德格鲁士又骂不在场的凡·高，把他说成"笨瓜兼骗子"。罗特列克在场，气得要跟德格鲁士决斗，众画家好不容易把他们劝开。第二天，德格鲁士就退出了画展。

凡·高的《向日葵》在一般画册上，只见到四幅：两幅在伦敦，一幅在慕尼黑，一幅在阿姆斯特丹。凡·高最早的构想是"整组画将是蓝色和黄色的交响曲"，但是习见的这四幅里，只有一幅是把亮黄的花簇衬在浅蓝的背景上，其余三幅都是以黄衬黄，烘得人脸颊发熳。

荷兰原是郁金香的故乡，凡·高却不喜欢此花，反而认同法国的向日葵，也许是因为郁金香太秀气、太娇柔了，而粗茎糙叶、花序奔放、可充饲料的向日葵则富于泥土气与草根性，最能代表农民的精神。

凡·高嗜画向日葵，该有多重意义。向日葵昂头扭颈，从早到晚随着太阳转脸，有追光拜日的象征。德文的向日葵叫Sonnenblume，跟英文的sunflower一样。西班牙文叫此花为girasol，是由girar（旋转）跟sol（太阳）二字合成，意为"绕太阳"，颇像中文。法文最简单了，把向日葵跟太阳索性都叫作soleil。凡·高通晓西欧多种语文，更常用法文写信，当然不会错过这些含义。他自己不也追求光和色彩，因而也是一位拜日教徒吗？

其次，凡·高的头发棕里带红，更有"红头疯子"之称。他的自画像里，不但头发，就连络腮的胡髭也全是红焦焦的，跟向日葵的花盘颜色相似。至于一八八九年九月他在圣瑞米疯人院所绘的那张自画像（也就是我中译的《凡·高传》封面所见），胡子还棕里带红，头发简直就是金黄的火焰。若与他画的向日葵对照，岂不像纷披的花序吗？

因此，画向日葵即所以画太阳，亦即所以自画。太阳、向日葵、凡·高，三位一体。

另一本凡·高传记《尘世过客》（*Stranger on the Earth*：by Albert Lubin）诠释此图说："向日葵是有名的农民之花，据此而论，此花就等于农民的画像，也是自画像。它爽朗的光彩也是仿自太阳，而众生之珍视太阳，已奉为上帝和慈母。此外，其状有若乳房，对这个渴望母爱的失意汉也许分外动人，不过此点并无确证。他自己（在给西奥的信中）也说过，向日葵是感恩的象征。"

从认识凡·高起，我就一直喜欢他画的《向日葵》，觉得那些挤在一只瓶里的花朵，辐射的金发，丰满的橘面，挺拔的绿茎，衬在一片淡柠檬黄的背景上，强烈地象征了天真而充沛的生命，而那深深浅浅交交错错织成的黄色暖调，对疲劳而受伤的视神经，真是无比美妙的按摩。每次面对此画，久久不甘移目，我都要贪馋地饱饫一番。

另一方面，向日葵苦追太阳的壮烈情操，有一种知其不可为而为之的志气，令人联想起中国神话的夸父追日，希腊神话的伊卡瑞斯奔日。所以在我的近作《向日葵》一诗里我说：

你是挣不脱的夸父

飞不起来的伊卡瑞斯

每天一次的轮回

从曙到暮

扭不屈之颈，昂不垂之头

去追一个高悬的号召

一九九〇年四月

粉丝与知音

一

大陆与台湾、香港的交流日频，中文的新词也就日益增多。台湾的"作秀"、香港的"埋单"、大陆的"打的"，早已各地流行。这种新生的俚语，在台湾的报刊最近十分活跃，甚至会上大号标题。其中有些相当伧俗，例如"凸槌""吐槽""劈腿""嘿咻"等等，忽然到处可见，而尤其不堪的，当推"轰趴"，其实是从英文home party译音过来，恶形恶状，实在令人不快。当然也有比较可喜的，例如"粉丝"。

"粉丝"来自英文的fan，许多英汉双解词典，包括牛津与朗文两家，迄今仍都译成"迷"；实际搭配使用的例子则有"戏迷""球迷""张迷""金迷"等等。"粉丝"跟"迷"还是不同："粉丝"只能对人，不能对物，你不能说"他是桥牌的粉丝"或"他是狗的粉丝"。

fan之为字，源出fanatic，乃其缩写，但经瘦身之后，脱胎换骨，变得轻灵多了。fanatic本来也有恋物羡人之意，但其另一含义却是极端分子、狂热信徒、死忠党人。《牛津当代英语高阶词典》(*Oxford Advanced Learner's Dictionary of Current English*) 第七版为此一含义的fanatic所下的定义是：a person of extreme or dangerous opinions，想想有多可怕！

但是蜕去毒尾的fan字，只令人感到亲切可爱。更可爱的是，当初把它译成"粉丝"的人，福至心灵，神来之笔竟把复数一并带了过来，好用多了。单用"粉"字，不但突兀，而且表现不出那种从者如云纷至沓来的声势。"粉丝"当然是多数，只有三五人甚至三五十人，怎能叫作fans？对偶像当然是说"我是你的粉丝"，怎么能说"我是你的粉"呢？粉，极言其细而轻，积少成多，飘忽无定。丝，极言其虽细却长，纠缠而善攀附，所以治丝益棼，欲理还乱。

这种狂热的崇拜者，以前泛称为"迷"，大陆叫作"追星族"，嬉皮时代把追随著名歌手或乐队的少女叫作"跟班癖"(groupie)，西方社会叫作"猎狮者"(lion hunter)。这些名称都不如"粉丝"轻灵有趣。至于"忠实的读者"或"忠实的听众"，也嫌太文，太重，太正式。

粉丝之为族群，有缝必钻，无孔不入，四方漂浮，一时啸聚，闻风而至，风过而沉。这现象古已有之，于今尤烈。宋玉《对楚王问》曰："客有歌于郢中者，其始曰《下里》《巴人》，国中属而和者数千人……其为《阳春》《白雪》，国中属而和者数十人。"究竟要吸引多少人，才能称粉丝呢？学者与作家，能号召几百甚至上千听众，就算拥有粉丝了。若是艺人，至少得吸引成千上万才行。现代的媒体传播，既快又广，现场的科技设备也不愁地大人多，演艺高手从帕瓦罗蒂到猫王，轻易就能将一座体育场填满人潮。一九六九年纽约州伍德斯塔克三天三夜的露天摇滚乐演唱会，吸引了四十五万的青年，这纪录至今未破。另一方面，诗人演讲也未可小觑：艾略特在明尼苏达大学演讲，听众逾一万三千人；弗罗斯特晚年也不缺粉丝，我在爱荷华大学听他诵诗，那场听众就有两千。

二

与粉丝相对的，是知音。粉丝，是为成名锦上添花；知音，是为寂寞雪中送炭。杜甫尽管说过："文章千古事，得失寸心知。"但真有知音出现，来肯定自己的价值，这寂寞的寸心还是欣慰的。其实如果知音寥寥，甚至迟迟不见，寸心的自信仍不免会动摇。所谓知音，其实就是"未来的回声"，预支晚年的甚至身后的掌声。凡·高去世前一个多月写信告诉妹妹维尔敏娜，说他为嘉舍大夫画的像"悲哀而温柔，却又明确而敏捷——许多人像原该如此画的。也许百年之后会有人为之哀伤"。画家寸心自知，他画了一张好画，但好到什么程度呢，因为没有知音来肯定、印证，只好寄望于百年之后了。"也许百年之后会有人……"语气真是太自谦了。《嘉舍大夫》当然是一幅传世的杰作，后代的艺术史家、评论家、观众、拍卖场都十分肯定。凡·高生前只有两个知音：弟弟西奥与评论家奥里叶，死后的十年里只有一个：弟媳妇约翰娜。高更虽然是他的老友，本身还是一位大画家，却未能真正认定凡·高的天才。

知音出现，多在天才成名之前。叔本华的母亲是畅销小说家，母子两人很不和谐，但歌德一早就告诉做母亲的，说她的孩子有一天会名满天下。歌德的预言要等很久才会兑现：寂寞的叔本华要等到六十六岁，才收到瓦格纳寄给他的歌剧《尼伯龙根的指环》，附言中说对他的音乐见解十分欣赏。

美国文坛的宗师爱默生收到惠特曼寄赠的初版《草叶集》，回信说："你的思想自由而勇敢，使我向你欢呼……在你书中我发现题材的处理很大胆，这种手法令人欣慰，也只有广阔的感受能启示这种手法。我祝贺你，在你伟大事业的开端。"那时惠特曼才三十六岁，颇受论者攻击。苏轼考礼部进士，才二十一岁，欧阳修阅他的《刑赏忠厚之至论》，十分欣赏，竟对梅圣俞说："老夫当避路，放他出一头地也。"众多举子听了此话，哗然不服，日久才释然。

有些知音，要等天才死后才出现。莎士比亚死后七年，生前与他争雄而且不免加贬的班·琼森，写了一首长诗悼念他，肯定他是英国之宝："全欧洲的剧坛都应加致敬。／他不仅流行一时，而应传之百世！"又过了七年，另一位大诗人弥尔顿，在他最早的一首诗《莎士比亚赞》中，断言莎翁的诗句可比神谕（those Delphic lines），而后人对他的崇敬，令帝王的陵寝也相形逊色。今人视莎士比亚之伟大为理所当然，其实当时盖棺也未必论定，尚待一代代文人学者的肯定，尤其是知音如班·琼森与弥尔顿之类的推崇，才能完成"超凡入圣"（canonization）的封典。有时候这种封典要等上几百年才举行，例如邓约翰的地位，自十七世纪以来一直毁誉参半，欲褒还贬，要等艾略特出现才找到他真正的知音。

此地我必须特别提出夏志清来，说明知音之可贵，不但在于慧眼独具，能看出天才，而且在于胆识过人，敢畅言所见。四十五年前，夏志清所著《中国现代小说史》在美国出版，钱钟书与张爱玲赫然各成一章，和鲁迅、茅盾分庭抗礼，令读者耳目一新。文坛的旧观，一直认为钱钟书不过是学府中人，偶涉创作，既非左派肯定的"进步"作家，也非现代派标榜的"前卫"新锐；张爱玲更沾不上什么"进步"或"前卫"，只是上海洋场一位言情小说作者而已。夏志清不但看出钱钟书、张爱玲，还有沈从文在"主流"以外的独创成就，更要在四十年前美国评论界"左"倾成风的逆境里，毫不含糊地把他的见解昭告世界，真是智勇并兼。真正的文学史，就是这些知音写出来的。有知音一锤定音，不愁没有粉丝，缤纷的粉丝啊，蝴蝶一般地飞来。

知音与粉丝都可爱，但不易兼得。一位艺术家要能深入浅出，雅俗共赏，才能兼有这两种人。如果他的艺术太雅，他可能赢得少数知音，却难吸引芸芸粉丝。如果他的艺术偏俗，则吸引粉丝之余，恐怕赢不了什么知音吧？知音多高士，具自尊，粉丝拥挤甚至尖叫的地方知音是不会去的。知音总是独来独往，欣然会心，掩卷默想，甚至隔代低首，对碑沉吟。知音的信念来自深刻的体会，充分的了解。知音与天才的关系有如信徒与神，并不需要"现场"，因为寸心就是神殿。

粉丝则不然。这种高速流动的族群必须有一个现场，更因人多而激动，拥挤而歇斯底里，群情不断加温，只待偶像忽然出现而达于沸腾。所以我曾将teenager译为"听爱挤"。粉丝对偶像的崇拜常因亲近无门而演为"恋物癖"，表现于签名、握手、合影，甚至索取、夺取"及身"的纪念品。披头士的粉丝曾分撕披头士的床单留念；汤姆·琼斯的现场听众更送上手绢给他拭汗，并即将汗湿的手绢收回珍藏。据说小提琴神手帕格尼尼的听众，也曾伸手去探摸他的躯体，求证他是否真如传说所云，乃魔鬼化身。其实即便是宗教，本应超越速朽的肉身，也不能全然摆脱"圣骸"（sacred relics）的崇拜。佛教的佛骨与舍利子，基督的圣杯，都是例子，东正教的圣像更是一门学问。

"知音"一词始于春秋：楚国的俞伯牙善于弹琴，唯有知己钟子期知道他意在高山抑或流水。子期死后，伯牙恨世无知音，乃碎琴绝弦，终身不再操鼓。孔子对音乐非常讲究，曾告诫颜回说，郑声淫，不可听，应该听舜制的舞曲《韶》。可是《论语》又说："子在齐闻《韶》，三月不知肉味，曰：'不图为乐之至于斯也！'"这么看来，孔子真可谓知音了，但是竟然三月不知肉味，岂不成了香港人所说的"发烧友"了？孔子或许是最早的粉丝吧。今日的乐迷粉丝，不妨引圣人为知音，去翻翻《论语》第七章《述而》吧。

  不惜歌者苦

  但伤知音稀

粉丝已经够多了，且待更多的知音。

二〇〇六年十月

/余光中散文精选/

蒲公英的岁月

他是中国的。这一点比一切都重要。
他吸的既是中国的芬芳,在异国的山城里,亦必吐露那样的芬芳,不是科罗拉多的积雪所能封锁。
每一次出国是一次剧烈的连根拔起。
但是他的根永远在这里,因为泥土在这里,落叶在这里,芬芳,亦永永永永播扬自这里。

蒲公英的岁月

"是啊,今年秋天还要再出去一次。"对朋友们他这么说。

而每次说起,他都有一种虚幻的感觉,好像说的不是自己,是另一个人。同时又觉得有解释清楚的必要,对自己,甚于对别人。好像一个什么"时期"就要落幕,一个新的,尚未命名的"时期"正在远方等他去揭纱。好像有一扇门,狻猊怒目衔环的古典铜门,挟着一片巨影,正向他关来,辘辘之声,令人心悸。门外,车尘如雾,无尽无止的是浪子之路,伸向一些陌生的树和云,和更陌生的一些路牌。每次说起,就好像宣布自己的死亡一样。此间事,在他走后,就好像身后事了。当然,人们还会咀嚼他的名字,像一枚清香的橄榄,只是橄榄树已经不在这里。对于另一些人,他的离去将如一枚龋齿之拔除,牙痛虽愈,口里空空洞洞的,反而好不习惯。真的,每一次出国是一次剧烈的连根拔起,自泥土、气候,自许多熟悉的面孔和声音。而远行的前夕,凡口所言,凡笔所书,都带有一点遗嘱、遗作的意味。于是在国内的这段日子,将渐渐退入背景之中,记忆,冉冉升起一张茫茫的白网。网中，小盆地里的这座城，令他患得患失时喜时忧的这座城，这座城，钢铁为骨水泥为筋，在波涛浸灌鱼龙出没蓝鼾蓝息的那种梦中，将遥远如一钵小小的盆景，似真似幻的岛市水城。

所以这就是岁月啊千面无常的岁月。挂号信国际邮简车票机票船票。小时候，有一天，他把两面镜子相对而照，为了窥探这面镜中的那面镜中的这面镜中，还有那面这面镜子的无穷叠影，直至他感到一种无底的失落和恐惧。时间的交感症该是智者的一种心境吧。三去新大陆，记忆覆盖着记忆之下是更茫然的记忆，像枫树林中一层覆盖一层水渍浸蚀的残红。一来一往，亲密的变成陌生的成为亲密，预期变成现实又变成记忆。当喷射机忽然跃离跑道，一刹那告别地面又告别中国，一柄冰冷的手术刀，便向岁月的伤口猝然切入，灵魂，是一球千羽的蒲公英，一吹，便飞向四方。再拔出刀时，已是另一个人了。

尽管此行已经是第三度，尽管西雅图的海关像跨越后院的门槛，尽管他的朋友，在海那边的似乎比这边的还多，尽管如此，他仍然不能排除跳伞前的那种感觉。毕竟，那是全然不同的一个世界。因为闭目一纵之后，他的胃就交给冰牛奶和草莓酱，他的肺就交给新大陆的秋天，发，交给落基山的风，茫茫的眼睛，整个付给青翠的风景。因为闭目一纵之后，入耳的莫非多音节的节奏，张口莫非动词主词宾词。美其名为讲学为顾问，事实上是一种高雅的文化充军。异国的日历上没有清明、端午、中秋和重九，复活节是谁在复活？感恩节感谁的恩？情人节，他想起天上的七七；国殇日，他想起地上的七七。为什么下一站永远是东京是芝加哥是纽约,不是上海或厦门?

二十年前来这岛上的,是一个激情昂扬的青年,眉上睫上发上,犹飘扬大陆带来的烽火从沈阳一直燎到衡阳,他的心跳和脉搏,犹应和抗战遍地的歌声嘉陵江的涛声长江滔滔入海浪淘历史的江声。二十年后,从这岛上出发的,是一个白发侵鬓的中年人,狼烟在对岸,长江的涛声在故宫的卷卷轴轴在一吟三叹息的《念奴娇》里,旧大陆日远,新大陆日近。他乡生白发,旧国见青山。可爱的是旧国的山不改其青,可悲的是异乡人的发不能长保其不白。长长的二十年,只有两度,他眺见了旧国短短的青山,但那是隔着铁丝网,还持着望远镜。第一次在金门。望远镜的彼端是澹澹的烟水,漠漠的船帆,再过去是厦门的青山之后仍是渺渺的青山。十二年前厦门大学的学生,鼓浪屿的浪子,南普陀的香客,谁能够想到,有一天会隔着这样一湾的无情蓝,以远眺敌阵的心情远眺自己的前身?母校、故宅、回忆,皆成为准星搜索的目标,155加农炮的射程。卡车在山的盲肠里穿行,山的盲肠,回忆的盲肠。司令官在地下餐厅以有名的高粱飨客,两面的石壁上用对方的炮弹壳饰成雄豪的图案。高粱落到胃里,比炮弹更强烈,血从胃底熊熊烧起,一直到耳轮和每一个发根。那一夜,他失眠了,血和浪一直在耳中呼啸。

第二次在勒马洲。崖下,阴阳一割的深圳河如哑如聋地流着。一条忘川、毒川、血川,极尽其可歌可泣的泪川自冥府的深处蜿蜿流来,似不胜绝望与恐怖之重负。但白茫茫的水面什么也不见,这是无船、无桥可渡的奈河，亡魂们徒哭奈何奈何奈何！而除了此岸的鹧鸪无辜地咕呼彼岸的鹧鸪，四野沉沉，再也听不见一声惊惶的呼救。当天下午，去沙田演讲，手执三角旗的大学生在火车站列队欢迎。拥挤的大课室里，许多耳朵在咀嚼他的言语，许多眼睛有许多反光反映着他的眼睛。二十年前，他也是那样的一双眼睛。二十年前，他就住在铜锣湾，大陆逃来的一个失学青年，失学，失业，但更加严重的是失去信仰、希望，面对一整幅阴暗的中国，和几乎中断的历史。但历史是不会中断的，因为有诗的时代就证明至少有几个灵魂还醒在那里，有一颗心还不肯放弃跳动。因为鼾声还没有覆盖一切。即使在铁幕深深的门口，也还有这许多青年宁愿陪着他失眠。

宁可失眠，睁眼承受清清楚楚的痛楚，也不服安眠药欺骗自己。但清醒是有代价的。清醒的代价是孤独和自惩。当时他年纪轻轻，和一些清醒的灵魂相约：绝对不受鼾声的同化，或是遁入安眠药瓶里！那时大家写诗，很有点赛跑的意味，虽然跑道的尽头只是荒原。一旦真正进入荒原，不但观众散光，连选手们也纷纷退出了这场马拉松。三年前，他刚从美国回国，臂上犹烙着西部的太阳，髭间，粘着犹他的沙尘。正是初秋的夜里，两年后他再度坐在北向的窗下，对着六百字的稿纸出神。市声漠漠，在远方流动像一条混浊的时间之流。渐渐，那浊流也愈流愈远，将一切交还给无言的星空。忽然一阵冷风卷地而起，在外面的院子里盘旋又盘旋，接着便是尤加利树的叶子扫落的声音。家人的鼾息从里面房间日式纸门的隙间传来。整个城市，醒着的只有他和冷落的星座。他是谁？他究竟是谁？在户籍之外他有无其他的存在？为何他在此地？为何要他背负着两个大陆的记忆，左耳，是长江的一片帆，右耳，大西洋岸一枚多回纹的贝壳？十年后，二十年五十年后他又是谁，他的惊呼他的怒叱和厉斥在空廊死寂的广场上哪里有回声？而年轻的真真年轻过的是否将永远年轻？而只要是美的即使只美过那么一次是否就算是永恒？然则他的朋友一起慷慨出发的那些朋友半途弃权，跳车，扭踝仆倒的选手到哪里去了？缪斯，可是无休无止的追求，而绝不接受求婚？蒲公英的岁月，一吹，便散落在四方，散落在湄公河和密西西比的水浒。即使击鼓吹箫，三啸大招，也招不回那许多亡魂。

蒲公英的岁月，流浪的一代飞扬在风中，风自西来，愈吹离旧大陆愈远。他是最轻最薄的一片，一直吹落到落基山的另一面，落进一英里高的丹佛城。丹佛城，新西域的大门，寂寞的起点，万嶂砌就的青绿山岳，一位五陵少年将囚在其中，三百六十五个黄昏，在一座红砖楼上，西顾落日而长吟："一片孤城万仞山。"但那边多鸽粪的钟塔，或是圆形的足球场上，不会有羌笛在诉苦，况且更没有杨柳可诉？于是橡叶枫叶如雨在他的屋顶头顶降下赤褐鲜黄和锈红，然后白雪在四周飘落温柔的寒冷，行路难难得多美丽。于是在不胜其寒的高处他立着，一匹狼，一头鹰，一截望乡的化石。纵长城是万里的哭墙洞庭是千顷的泪壶，他只能那样立在新大陆的玉门关上，向《纽约时报》的油墨去狂嗅中国古远的芳芬。可是在蟹行虾形的英文之间，他怎能教那些碧瞳仁碧瞳人去嗅同样的菊香与兰香？

碧瞳人不能。黑瞳人也不可能。每次走下台大文学院的长廊，他像是一片寂寞的孤云，在青空与江湖之间摇摆。在两个世界之间摇摆。他那一代的中国人，吞吐的是大陆性庞庞沛沛的气候，足印过处，是霜是雪，上面是昊昊的青天灿灿的白日，下面是整张的海棠红叶。他们的耳朵熟悉长江的节奏黄河的旋律，他们的手掌知道杨柳的柔软梧桐的坚硬。江南，塞外，曾是胯下的马发间的风沙曾是梁上的燕子齿隙的石榴染红嗜食的嘴唇，不仅是地理课本联考的问题习题。他那一代的中国人，有许多回忆在太平洋的对岸有更深长的回忆在海峡的那边，那重重叠叠的回忆成为他们思想的背景灵魂日渐加深的负荷，但是那重量不是这一代所能感觉。旧大陆。新大陆。旧大陆。他的生命是一个钟摆，在过去和未来之间飘摆。而他，感觉像一个阴阳人，一面在阳光中，一面在阴影里，他无法将两面转向同一只眼睛。他是眼分阴阳的一只怪兽，左眼，倒映着一座塔，右眼，倒映着摩天大厦。

临行前夕，他接受邀请，去大度山上向一群碧瞳的青年讲解中国的古典诗。这也是另一次出国讲学的前奏吧。五年前的夏天，也是在这样出国的前夕，他曾在大度山上，为了同样的演说，住了两个月。一离开台北，他立刻神清气爽，灵魂澄明透澈，每一口呼吸都像在享受，不，饕餮新酿成的空气，肺叶张合如翅。那天夜里，他缓缓步上山顶，坐在古典建筑的高高的石级上，任萤火与蛙鸣与星光围成凉凉的仲夏之夜。五年前，他戴着同样的星光坐在这里，面临同样的远行且享受同样透明的寂静。跳水之前，作一次闭目的凝神是好的。因为飞跃之后，玻璃的新世界将破成千面的寂寞，再出水已是另一个自己。那样坐着、忆着、展望着，安宁地呼吸着微凉且清香的思想，他似乎蜕出了这一层"自己"，飞临于"时间"之上如点水的蜻蜓，水流而蜻蜓并未移动。他恍然了。他感觉，能禅那么一下，让自我假寐那么一瞬，是何其美好。

从台中回来，火车穿过成串的隧道，越过河床干涸的大甲溪，迤逦驶行在西岸的平原。稻田的鲜绿强调白鹭的纯白，当长喙俯啄水底的云。阡阡陌陌从平畴的彼端从青山的麓底辐射过来，像滚动的轮辐迅速旋转。他的心中有一首牧歌的韵律升起。这样的风景是世界上最清凉的眼药水。在靠窗的座位上，他可以出神地骋目好几个小时。毕竟，只剩下这么一万三千多平方英里可以说是"我的"，是"我们的"；这座岛屿是冥冥中神的恩宠，在人的意志之上似乎有一个更高的意志，属意在这艘海上的方舟，延续一个灿烂悠远的文化，使他们的民族还不致沦为真正的蒲公英，沦为无根可托的吉卜赛和犹太。他不喜欢台北，不，二十年之后他仍旧一点儿也不喜欢，可是他喜欢这座岛，他庆幸，他感激，为了二十年的身之所衣，顶之所蔽，足之所履。车窗外，风到哪里七月的牧歌就扬起在哪里。豪爽慷慨的大地啊，玉米株上稻茎上甘蔗杆上累累悬结的无非是丰年。也许，真的，将来在重归旧大陆的前夕，他会跪下来吻别这块沃土。

甚至都不必等到那一天。在三去新大陆的前夕，已经有一种依依的感觉。这里很少杨柳，不是苏堤白堤的那种依依，虽远亦相随。他又特别不喜欢棕榈，无论如何也不能勉强把它们撑成一把诗。不过这城里的夏天也不是截然不能言美的，就看你怎么去猎取。植物园那两汪莲池，仲夏之夕，浮动半亩古典的清芬，等到市声沉淀，星眸半闭若眠，三只，两只，黛绿的低音箫手，犹在花底叶底鼓腹而鸣，那种古东方的恬淡感就不知有多深远。不然就在日落后坐在朝西的窗下，看鲜丽绚烂的晚霞怎样把天空让给各样的青和孔雀蓝到普鲁士蓝的蓝。于是星从日式屋脊从公寓的阳台电视天线从那边的木瓜树叶间相继点亮。一盏红灯在远处的电台铁塔上闪动。一架飞机闷闷的声音消逝后，巷底那冰果店再度传来平剧的锣鼓和一位古英雄悲壮的咏叹。狗吠。虫吟。最后万籁皆沉，只余下邻居的水龙头作细细的龙吟，蚯蚓在星光下凿土的歌声。

因为这就是他的国家，儿时就熟悉的夏日的夜晚。不记得他一生挥过多少柄蒲扇，扑过多少只流萤，拍死多少只蚊子？不记得长长的一夏鲸饮过多少杯凉茶、酸梅汤、绿豆汤、冰杏仁？只晓得这些绝不是冷气和可口可乐所能代替。行前的半个月，他的生活宁静而安详。因为蒲公英的岁月一开始，这样的日子，不，这样的节奏就不再可能。在高速的剧动和多音节的呼吸之前他必须储蓄足够的清醒与自知。他知道，一架猛烈呼啸的喷射机在跑道那边叫他，许多城，许多长长的街伸臂在迎他，但他的灵魂反而异常宁静。因为新大陆和旧大陆，海洋和岛屿已经不再争辩，在他的心中。他是中国的。这一点比一切都重要。他吸的既是中国的芬芳，在异国的山城里，亦必吐露那样的芬芳，不是科罗拉多的积雪所能封锁。每一次出国是一次剧烈的连根拔起。但是他的根永远在这里，因为泥土在这里，落叶在这里，芬芳，亦永永永永播扬自这里。

他以中国的名字为荣。有一天，中国亦将以他的名字为荣。

黄河一掬

　　厢型车终于在大坝上停定，大家陆续跳下车来。还未及看清河水的流势，脸上忽感微微刺麻，风沙早已刷过来了。没遮没拦的长风挟着细沙，像一阵小规模的沙尘暴，在华北大平原上卷地刮来，不冷，但是挺欺负人，使胸臆发紧。我存和幼珊都把自己裹得密密实实，火红的风衣牵动了荒旷的河景。我也戴着扁呢帽，把绒袄的拉链直拉到喉核。一行八九个人，跟着永波、建辉、周晖，向大坝下面的河岸走去。

　　这是临别济南的前一天上午，山东大学安排我们去看黄河。车沿着二环东路一直驶来，做主人的见我神情热切，问题不绝，不愿扫客人的兴，也不想纵容我期待太奢，只平实地回答，最后补了一句："水色有点浑，水势倒还不小。不过去年断流了一百多天，不会太壮观。"

　　这些话我也听说过，心里已有准备。现在当场便见分晓，再提警告，就像孩子回家，已到门口，却听邻人说，这些年你妈妈病了，瘦了,几乎要认不得了,总还是难受的。

天高地迥,河景完全敞开,触目空廓而寂寥,几乎什么也没有。河面不算很阔,最多五百米吧,可是两岸的沙地都很宽坦,平面就延伸得倍加旷远,似乎再也钩不到边。昊天和洪水的接缝处,一线苍苍像是麦田,后面像是新造的白杨树林。此外,除了漠漠的天穹,下面是无边无际无可奈何的低调土黄,河水是土黄里带一点赭,调得不很匀称,沙地是稻草黄带一点灰,泥多则暗,沙多则浅,上面是浅黄或发白的枯草。

"河面怎么不很规则?"我转问建辉。

"黄河从西边来,"建辉说,"到这里朝北一个大转弯。"

这才看出,黄浪滔滔,远来的这条浑龙一扭腰身,转出了一个大锐角,对岸变成了一个半岛,岛尖正对着我们。回头再望此岸的堤坝,已经落在远处,像瓦灰色的一长段城垣。更远处,在对岸的一线青意后面,隆起一脉山影,状如压瘪了的英文大写字母M,又像半浮在水面的象背。那形状我一眼就认出来了,无须向陪我的主人求证。我指给我存看。

"你确定是鹊山吗?"我存将信将疑。

"当然是的,"我笑道,"正是赵孟頫的名画《鹊华秋色》里,左边的那座鹊山。曾繁仁校长带我们去淄博,出济南不久,高速公路右边先出现华山,尖得像一座翠绿的金字塔,接着再出现的就是鹊山。一刚一柔,无端端在平地耸起,令人难忘。从淄博回来,又出现在左边，可惜不能停下来细看。"

周晖走过来，证实了我的指认。

"徐志摩那年空难，"我又说，"飞机叫济南号，果然在济南附近出事，太巧合了。不过撞的不是泰山，是开山，在党家庄。你们知道在哪里吗？"

"我倒不清楚。"建辉说。

我指着远处的鹊山说："就在鹊山的背后。"又回头对建辉说："这里离河水还是太远，再走近些好吗？我想摸一下河水。"

于是永波和建辉领路，沿着一大片麦苗田，带着众人在泥泞的窄埂上，一脚高一脚低，向最低的近水处走去。终于够低了，也够近了，但沙泥也更湿软。我虚踩在浮土和枯草上，就探身要去摸水，大家在背后叫小心。岌岌加上翼翼，我的手终于半伸进黄河。

一刹那，我的热血触到了黄河的体温，凉凉的，令人兴奋。古老的黄河，从史前的洪荒里已经失踪的星宿海里四千六百里，绕河套、撞龙门、过英雄进进出出的潼关一路朝山东奔来，从斛律金的牧歌李白的乐府里日夜流来，你饮过多少英雄的血难民的泪，改过多少次道啊发过多少次泛滥，二十四史，哪一页没有你浊浪的回声？几曾见天下太平啊让河水终于澄清？流到我手边你已经奔波了几亿年了，那么长的生命我不过触到你一息的脉搏。无论我握得有多紧你都会从我的拳里挣脱。就算如此吧，这一瞬我已经等了七十几年了绝对值得。不到黄河心不死，到了黄河又如何？又如何呢？至少我指隙曾流过黄河。

至少我已经拜过了黄河，黄河也终于亲认过我。在诗里文里我高呼低唤他不知多少遍，在山大演讲时我朗诵那首《民歌》，等到第二遍，五百听众就齐声来和我：

> 传说北方有一首民歌
> 只有黄河的肺活量能歌唱
> 从青海到黄海
> 风　也听见
> 沙　也听见

我高呼一声"风"，五百张口的肺活量忽然爆发，合力应一声"也听见"。我再呼"沙"，五百管喉再合应一声"也听见"。全场就在热血的呼应中结束。

华夏子孙对黄河的感情，正如胎记一般地不可磨灭。流沙河写信告诉我，他坐火车过黄河读我的《黄河》一诗，十分感动，奇怪我没见过黄河怎么写得出来。其实这是胎里带来的，从《诗经》到刘鹗，哪一句不是黄河奶出来的？黄河断流，就等于中国断奶。山大副校长徐显明在席间痛陈国情，说他每次过黄河大桥都不禁要流泪。这话简直有《世说新语》的慷慨，我完全懂得。龚自珍《己亥杂诗》不也说过么：

亦是今生未曾有

满襟清泪渡黄河

他的情人灵箫怕龚自珍耽于儿女情长，甚至用黄河来激励须眉：

为恐刘郎英气尽

卷帘梳洗望黄河

想到这里，我从衣袋里掏出一张自己的名片，对着滚滚东去的黄河低头默祷了一阵，右手一扬，雪白的名片一番飘舞，就被起伏的浪头接去了。大家齐望着我，似乎不觉得这僭妄的一投有何不妥，反而纵容地赞许笑呼。我存和幼珊也相继来水边探求黄河的浸礼。看到女儿认真地伸手入河，想起她那么大了做爸爸的才有机会带她来认河，想当年做爸爸的告别这一片后土只有她今日一半的年纪，我的眼睛就湿了。

回到车上，大家忙着拭去鞋底的湿泥。我默默，只觉得不忍。翌晨山大的友人去机场送别，我就穿着泥鞋登机。回到高雄，我才把干土刮尽，珍藏在一只名片盒里。从此每到深夜，书房里就传出隐隐的水声。

二〇〇一年七月

长未必大，短未必浅

孟德斯鸠曾说："演说家深度不足，每用长度来补偿。"这就苦了无辜的听众了。其实以短取胜，并不限于演讲，更包括不少需要急智的场合，例如答问、题词、解嘲、说笑话等等。近年去大陆访问，往往被迫当众题词，而游罢名胜古迹，亭台楼阁之间，也每每要面对文房四宝，骑虎之势，不得不当众挥毫。因此登临的快意不免扫兴。事前固然可以稍作准备，不过常常不合现场的真相，倒是临时即兴，却每得佳句。这可能就是所谓"厚积薄发"吧。

最轻松的一次，是在闽侯的"冰心纪念馆"。我题了四个字："如在玉壶"。观众不料题词这么短，但很快就悟出是取自王昌龄的"一片冰心在玉壶"，乃报以由衷的掌声。

常德在沅江的堤岸上设有诗墙，上刻古今名诗，长达二点七公里。洛夫、郑愁予和我的作品亦在其列。主人索题，我大书"诗国长城"四字，意犹未尽，又添了两句副题："外抗洪水，内御时光。"观者再度鼓掌。

桂林东北有灵渠，秦始皇为进攻百越而下令开凿，既便舟楫，又兴水利，乃有湘漓同源之说。我讨巧题了一句"一点灵犀通灵渠"。近日游客回台，告诉我还见到这题字。

成都的武侯祠，我是这样题的："魏王无庙，武侯有祠。涕泣一表，香火万世。"近日报载：曹操还是有庙的，可是遭人盗墓，显得凌乱，枉自算尽机关。

今年端午，秭归邀我参加祭吊屈原的盛典。萧萧、游唤、陈宪仁及明德大学的汪大永校长、罗文玲院长也参加了文化论坛。我在典礼上朗诵了为这场合新写的第七首颂屈之诗：《秭归祭屈原》，诗长八十六行，六分钟才诵毕。事后又去宜昌的三峡大学演讲。校方安排我和流沙河、李元洛参观博物馆的古文物。流沙河题："楚人失之，楚人得之。"我用其意而稍加曲折，题为"楚人失之者，湖北人得之"，把大家逗笑了。

大陆许多报刊访问过我，当然也向我索题。题得太多，大半都已忘记。印象较深的是为河南《寻根》双月刊所题："根索水而入土，叶追日而上天。"今年端午，为《三峡商报》题的是："商道唯诚，报导唯真。""报导"当然也暗喻"报道"。为武汉的《楚天都市报》，我的题词是："愿汉水长流，楚天更阔。"

不少景点的主管索题，我往往就写："最美丽的辖区，最风雅的责任。"这两句话简直可以通行天下。至于为听众签名，如有坚持索讨题句，近年我常写的是这样的美学："曲高未必和寡，深入何妨浅出。"有时偷懒，就题："文以会友，诗以结缘。"较长的题句也包括："唯你的视线无限，能超越地平线的有限。"如果写信给高中生，就会有这样的句子："中学乃学问之上游，上游清则下游畅。"近日朋友的女儿考取艺术大学，朋友要我赠句勉励。我欣然题下："以身许美，从艺而终。"

我在台湾"中山大学"已有二十五年，为学校题句无数，马克杯上、骨瓷杯上、磨砂杯上、铅笔上、运动衫上、伞上，甚至薪俸通知单上，都有我的题句。骨瓷杯上那首《西湾黄昏》已经收入诗集《高楼对海》。磨砂杯上，从左到右有两句连环成诗："这世界待你向前推动，像杯子旋转在你掌中。"诗读完了，杯子也在你掌中转了一圈，不无创意吧？二十周年校庆正值二〇〇〇年，运动衫上乃有我题的："二十岁的活力，两千年的新机。"伞上题的小诗必定会逗路人一笑，全是短句："撑伞，是出发／收伞，是到家／带伞，是先见／掉伞，是常情／借伞，是借口／还伞，是有心／共伞，跟谁呢？／当心，是缘分！"

我文章里的一句话："蓝墨水的上游是汨罗江"，湖南人常常引用，二〇〇五年端午汨罗市的街上，到处有红底白字的跨街布条，用这句话向屈原致敬。

星云大师展出他有名的"一笔书法"。我以一联相赠："一笔贯日月，八方悬星云。"于右任一百三十冥诞纪念，陆炳文嘱我题句，我报以"遗墨淋漓长在壁，美髯倜傥犹当风"。泉州新建"闽台缘博物馆"，展出我的《乡愁》一诗，并向我索题。我报以"香火长传妈祖庙，风波不阻闽台缘"。

现实生活有时候激发了灵感，不待纸笔，就口占了出来。一九九四年和高天恩、欧茵西、隐地等去布拉格，会后沿街选购水晶精品，兴致越来越high，但也有人这件嫌贵，那件嫌重，沉吟不决。我随口编了一首劝购歌鼓舞士气，歌曰：

昨天太穷

后天太老

今天不买

明天懊恼

同伴传诵之余，也就不管悭囊之轻，行李之重，尽心买下去了。

有时候成语活用或是改编，也颇有趣。这种因旧生新，化凡为巧的戏拟体，也不失为锻炼想象。例如讲学归来，平添了许多赠书与厚礼，说是"满载而归"，其实行李超重，打包不易，应该叫作"积重难返"。又如"朝秦暮楚"，不必专指反复无常了，也可以移来形容空姐吧。若嫌秦楚格局太小，不妨改用"欧风美雨"。依此类推，"杞人忧天"也不必是负面之词，反而有正面的环保先见了。美国前副总统戈尔不正是今之杞人吗？他如"近墨者黑"一词，常令我联想到猫王普雷斯利演唱时的肢体语言，是来自从小习于黑人的蓝调，尤其是学恰克·贝瑞的"抖膝功"。"迈克尔雄风"则是我将迈克尔风扭曲得来。许多人演讲，不懂如何对待迈克尔风，一味凑近去猛吼，还自以为雄风震耳呢。

我自己的文章里，不时也有一些片段，可以独立于上下文之外，有自己的生命。这些句子都不会超过七十个字，合于"短讯"的规格。例如："光，像棋中之车，只能直走；声，却像棋中之炮，可以飞越障碍而来。我们注定了要饱受噪声的迫害。"又如："善言，能赢得听众。善听，才赢得朋友。"

二〇一〇年六月

春到齐鲁

清明节前一星期,我乘坐的飞机降落在济南的遥墙机场。邀请我去齐鲁访问的虽然是山东大学,真正远去郊外欢迎的,没有料到,却是整个春天。从机场进城,三十公里的高速公路上,车辆稀少,但两侧的柳树绿荫不断,料峭的晴冷天气,千树新绿排成整齐的春之仪队,牵着连绵的青帐翠屏,那样盛况的阵仗,将我欢迎。

从城之东北进入山东大学的新校区,外事处的佟光武处长和刘永波副处长把我安顿在专家楼,就将我留给了济南的春天。一千年前,济南的才女李清照说:"宠柳娇花寒食近,种种恼人天气。"我在山东十天,尽管春寒风劲,欺定我这南人,却是一天暖过一天,晴得十分豪爽。愈到后来,益发明媚,虽然说不上春深似海,却几乎花香如潮了。不,如潮也还没有,至少可以说沦纹回漾。

专家楼外,有几树梨花,皓白似雪,却用淡绿的叶子衬托,分外显得素雅,那条巷子也就叫梨花路。偌大的山大校园虽然还只是初春,却已经众芳争妍,令惊艳的行人应接不暇了。桃花夭夭,冶艳如点点绛唇。樱花串串，富丽得不留余地给丛叶。海棠树高花繁，淡红的风姿端庄而健美，简直是硕人其颀。

但令我一见就倾心，叹为群艳之尤的，是丁香。首先，这名字太美了，美得清纯而又动听。令人生起爱情的联想："青鸟不传云外信，丁香空结雨中愁"，李璟的名句谁读了能忘记呢？丁香与豆蔻同为桃金娘家的娇女，东印度群岛中的马鲁古群岛，即因盛产这两种名媛，而有"香料群岛"的美称。早在战国末期，中国的大臣上朝，就已用丁香解秽。干燥的花蕾可提炼丁香油做香料，也可以入药，有暖胃消胀之功。此花属聚伞花序，花开四瓣，辐射成长椭圆形，淡绿的叶子垂着心形，盛开时花多于叶，簇簇的繁花压低了细枝，便成串垂在梢头，简直要亲人，依人。你怎能不停下步来，去亲她，宠她，嗅她，逗她。

后来我写了《丁香》一诗，便有"叶掩芳心，花垂寂寞"之句，不但写实，也借以怀念李清照，中国最美丽的寂寞芳心。

初春的济南，到处盛开着丁香，简直要害人患上轻度的花魇、花癫，整天眼贪鼻馋，坐立不安。山大校园里的丁香就有乳白、浅绯、淡紫三种，好像春天是各色佳丽约好了一齐来开游园会，你不知该对谁笑才好。

同为地灵所育，灼灼群芳只争妍一季，堂堂松柏却支撑着千古。从济南的千佛山到灵岩寺，从岱庙到孔庙与孟庙，守护着圣贤典范、英雄侠骨的，正是这一排排一队队肃静而魁梧的金刚。荫翳的树影萧森，轻掩着屋脊斜倾的鳞鳞密瓦，或是钩心斗角的犄望屋檐，再往下去，覆盖在横匾与楹联上，或是土红粉白的墙头，或是字迹漶漫的石碑。若是树顶有鸦鹭之类来栖，则磔磔怪争声中更添寒禽古木的沧桑。

鲁中寺庙里巍巍矗立的，多半是柏，本地人把它念成"北"。那十天我至少观叹过上千株古柏，其风骨道貌却令人引颈久仰，一仰难尽。那气象，岂是摄影机小气的格局所能包罗？从千佛山到灵岩寺，从孟庙到孔林，那成千上万的木中长老，柏中华胄，哪一树不是历经风霜，饱阅世变，沧桑的记忆那么露骨地深刻在糙皮上面？朝代为古柏文身，从蟠根到盖顶，顺着挺峻高昂的巨干，一直削上天去，像是凿得太痛，苍老而坚毅的霜皮竟都按着反时钟的方向朝上面拧扭，回旋成趣。

岱庙里有五株汉柏，传说是当年汉武帝来泰山封禅，亲自手栽。耿耿汉魂，历劫犹健，但毕竟是两千多岁了，槎枒的枝柯早已炭化，霜皮大都剥落，只靠残余的片段向古根汲水，去喂顶上虬蟠的苍青。问他们建元的往事，问张骞和苏武几时才回国，古木穆穆，只鸦啼数声便支吾了过去。泰山上的五大夫松，相传是因秦始皇在树下避雨而受爵，虽然更老，却不如汉柏长寿，早在明朝就被山洪冲走，要到康熙年间才加补植，现在也只剩下两株。

古来松柏并称，而体态不同。大致而言，柏树挺拔矗立，松树夭矫回旋。譬之书法，柏姿庄重如篆隶，松态奔放如草书。泰山上颇有一些奇松，透石穿罅，崩迸而出，顽根宛如牙根，紧咬着岌岌的绝壁，翠针从丛簌簌，密鳞与浓鬣蔽空，黛柯则槎枒轮囷，能屈能伸，那淋漓恣肆的气象，简直是狂草了。

杜甫的《古柏行》说古树"霜皮溜雨四十围，黛色参天二千尺"，不过是修辞的夸张。就算加州海边的巨杉，俗称红木者，最高拔的也不过三百六七十英尺。加州海边的怪松，天长地久，被太平洋的烈风吹成蟠曲百折的体态，可称"风雕"，而以奇石累累为其供展的回廊，神奇也不下于泰山之松，只可惜奇石怪松独缺名士品题，总觉得有景无句，不免寂寞。所以山水再美，也需要人文来发挥，需要传说来画龙点睛，才算有情。

西湖怀古

接受了浙江大学的邀请，在清明节前六天由高雄直飞杭州，开始一周的访问。联络人是浙大传媒与国际文化学院的江弱水教授。早在一九八〇年代末期，弱水就以卞之琳先生弟子的身份和我通信，后来我又参加过他的博士论文评审。他写诗，也娴于诗学，有《古典诗的现代性》与《中西同步与位移》两书，可以印证其博涉与圆览。非但如此，他的小品文也写得风趣生动。去年五月他来台学术访问两月，事后出版了随笔集《陆客台湾》，对此行所见的世情与人物，正叙侧写，均有可观。

浙江大学的邀请，我很快就接受了，原因是多重的。首先，联络人是弱水，此行一定会妥善安排，他的品位我当然放心。其次，我上回去杭州，是在二〇〇四年五月，先在同济和复旦两校演讲，然后由喻大翔教授陪我们夫妻去游杭州，那头也由弱水接待。不过比这一切更早的，是小时候住在南京，就曾随父母来过这风雅的钱塘古都。那时我究竟几岁，已不记得，倒是后来常听父母提起。总之这件事久成我孺慕的一幕。

但是我去杭州，另有一个动机，就是成全吾妻我存的寻根之旅。我存的父亲范赉先生，也就是我从未见面的岳父，在抗日战争爆发的第三年春天，因肺疾殁于四川的乐山。时为一九三九年三月二十八日，他才三十九岁，留下哀伤而无助的三个女人，我存的外婆、母亲与八岁的我存，去面对不知该如何应变的国破家亡。后来的情形，只有在我存和她母亲的零星回忆和当年仅存的一本相簿里去拼凑梗概：她的父亲籍贯江苏武进，南京东南大学毕业，留学法国，回国后在浙大任教，抗战初期带家人一路逃难去大后方，终因肺病恶化而滞于乐山。

一九九六年十一月，我去四川大学访问，事后与我存专程南下乐山，凭着当年葬后留下的两张地图，想去按图索墓。毕竟事隔半个多世纪了，"再回头已百年身"，物是人非么，不但人非，抑且物非了，瞻峨门外，大渡河边，整座胡家山上早已变得沧桑难认，哪里找得到那个孤坟？

但是回过头来，浙江大学幸而犹在，不但犹在，而且校誉更隆，全国排名，长在前列。趁我前去访问，一定会发现可贵的资料，可助拼图。此意向弱水提出，他说那是当然。

三月三十日的黄昏，弱水在萧山机场接机，把我们安置在西湖北山路的"新新饭店"。七年前我们也是下榻这里，但这回住的却是别馆的"秋水山庄"，即三十年代著名报人史量才为爱妻沈秋水所筑的别墅。夜色苍茫，宽大的阳台上只见隔水的长堤，柳影不绝，灯光如练。我们果然置身杭州了。

次晨，弱水和他的太太杨岭来带我们去游湖。这才发现，昨夜所见的柳堤原来是白堤，而所隔的烟水只是北里湖，还不是西湖的主湖。四人沿着北山路东行，弱水背湖仰面，为我们指点山上矗立的保俶塔。终于去到白堤东端的断桥残雪，弱水说，相传《白蛇传》中许仙就是在这里邂逅了白娘子。桥上有一木亭，匾书"云水光中"，十多年前简锦松游湖，见题词含有我名，曾摄影相赠。那天游客不少，更多晨运的市民，就在亭前相拥起舞，一片太平盛世气象。不知当年父母带我来游，是否也这般旖旎风光。杭州人得天独厚，传统特长，一道堤上有多少故事，一声橹里有多少兴亡，真令我不胜艳羡。去夏我和家人游佛罗伦萨，也不胜低回，但是杭州的风流儒雅，似乎更令我神往。苏堤与白堤，岳飞墓与秋瑾墓，灵隐寺与香积寺，雷峰塔与六和塔，这一切牵人心肠的地标，甚至是引人梦游的坐标，又何逊于佛罗伦萨与威尼斯？

正是春分已过，清明待来，柳曳翠烟，桃绽绛霞，令人不由想起袁宏道赞叹的"断桥至苏公堤一带，绿烟红雾，弥漫二十余里；歌吹为风，粉汗如雨，罗纨之盛，多于堤畔之草，艳冶极矣！"那天春晴料峭，日色淡薄，白堤上游人虽多，却无什么歌吹，近午时倒是令人有些出汗。天上不时可见老鹰盘旋，游人却不怎么在意，后来越飞越低，才发现是有人在堤上收线，原来竟是风筝。于是彩蝶翩翩，也会降落到女孩子手上来，我也接到一只，只有巴掌大小，竟能曼舞湖上的风云。这季节西湖的风势正好放风筝，否则不可能这样收放自如。

弱水说："走累了吧，不如上船。"四人便上了一条白帆布棚遮顶的游船，相对而坐，游起湖来。船夫兴致很好，带有本地乡音的普通话也斯文亲切。记得他只是撑篙，并不摇桨，过了张岱的湖心亭，过了诗心禅意的三潭印月，把我们放在小瀛洲汧。小船再来接渡，就把我们撑回堤上去了。

这就是我三月底的杭州之行：西湖之缘虽得以续，也只能浅尝即止，步堤倚舷，不满一天。湖上风平浪静，岸上岁月悠悠，我的深心却不得安宁。那么长远的记忆啊，民族的，家族的，童年的，悲壮的，偶傥的，缠绵的，方寸之此心怎么容得下理得清呢？湖边一宿，别说杭州通判的"水光潋滟晴方好"了，就鉴湖女侠的一句"秋风秋雨愁煞人"，都令我客枕难安。

当天晚上，我在浙大紫金港校区的蒙民伟国际会议中心演讲，题目是《美感经验之互通——灵感从何而来》。我用不少投影来印证，讲了一个多小时。开场白就以我与杭州和浙大的因缘切入，说明小时候就随父母来过此城，又说不但杭州是我存的出生地，而且浙大是我岳父任教的学府。六百多师生报以热烈掌声。由于听众太挤，向隅的百多位只能另辟一室以屏幕听取。所以我事先还特别去另室致意一番。

我的讲座是以"东方论坛"的名义举行，并由罗卫东副校长主持，胡志毅教授介绍。讲前有一简短仪式，把客座教授的聘书颁赠给我。这么一来，我不是有幸成为岳父范赉教授的同仁了吗？

更高兴的，是浙大事先已搜到有关我岳父的资料，也在那场合一并相赠。我存的寻根之旅遂不虚此行了。根据那些信史，我岳父短暂的一生乃有了这样的轮廓：

范赉，字肖岩，江苏武进人，一九〇〇年出生。东南大学毕业，留学法国，卒业于巴黎大学理科植物系。一九二八年起任教于浙江大学，为农学院园艺副教授，每月薪资由一百六十大洋调整为二百四十大洋。一九二九年至一九三一年曾代园艺系主任。长女我存一九三一年生于杭州刀茅巷。当时浙大的农艺场、园艺场、林场、植物园等占地多达七千多亩。范教授带学生临场生物实习，曾远至舟山群岛东北端的小岛嵊山。

/余光中散文精选/

娓娓与喋喋

发现自己内心的真相,需要性格的力量。

唯勇者始敢单独面对自己,唯智者才能与自己为伴。

一般人的心灵承受不了多少静默,总需要有一点声音来解救。

所以卡莱尔说:"语言属于时间,静默属于永恒。"

可惜这妙念也要言诠。

朋友四型

一个人命里不见得有太太或丈夫，但绝对不可能没有朋友。即使是荒岛上的鲁滨孙，也不免需要一个"礼拜五"。一个人不能选择父母，但是除了鲁滨孙之外，每个人都可以选择自己的朋友。照说选来的东西，应该符合自己的理想才对，但是事实又不尽然。你选别人，别人也选你。被选，是一种荣誉，但不一定是一件乐事。来按你门铃的人很多，岂能人人都令你"喜出望外"呢？大致说来，按铃的人可以分为下列四型：

第一型，高级而有趣。这种朋友理想是理想，只是可遇而不可求。世界上高级的人很多，有趣的人也很多，又高级又有趣的人却少之又少。高级的人使人尊敬，有趣的人使人欢喜，又高级又有趣的人，使人敬而不畏，亲而不狎，交接愈久，芬芳愈醇。譬如新鲜的水果，不但甘美可口，而且富于营养，可谓一举两得。朋友是自己的镜子。一个人有了这种朋友，自己的境界也低不到哪里去。东坡先生杖履所至，几曾出现过低级而无趣的俗物？

第二型，高级而无趣。这种人大概就是古人所谓的诤友，甚至畏友了。这种朋友，有的知识丰富，有的人格高超，有的呢，"品学兼优"像一个模范生，可惜美中不足，都缺乏那么一点儿幽默感，活泼不起来。你总觉得，他身上有那么一个窍没有打通，因此无法豁然恍然，具备充分的现实感。跟他交谈，既不像打球那样，你来我往，此呼彼应，也不像滚雪球那样，把一个有趣的话题愈滚愈大。精力过人的一类，只管自己发球，不管你接不接得住。消极的一类则以逸待劳，难得接你一球两球。无论对手是积极或消极，总之该你捡球，你不捡球，这场球是别想打下去的。这种畏友的遗憾，在于趣味太窄，所以跟你的"接触面"广不起来。天下之大，他从城南到城北来找你的目的，只在讨论"死亡在法国现代小说中的特殊意义"，或是"爱斯基摩人对于性生活的态度"。为这种畏友捡一晚上的球，疲劳是可以想见的。这样的友谊有点像吃药，太苦了一点。

第三型，低级而有趣。这种朋友极富娱乐价值，说笑话，他最黄；说故事，他最像；消息，他最灵通；关系，他最广阔；好去处，他都去过；坏主意，他都打过。世界上任何话题他都接得下去，至于怎么接法，就不用你操心了。他的全部学问，就在不让外行人听出他没有学问。至于内行人，世界上有多少内行人呢？所以他的马脚在许多客厅和餐厅里跑来跑去，并不怎么露眼。这种人最会说话，餐桌上有了他，一定宾主尽欢，大家喝进去的美酒还不如听进去的美言那么"沁人心脾"。会议上有了他，再空洞的会议也会显得主题正确，内容充沛，没有白开。如果说，第二型的朋友拥有世界上全部的学问，独缺常识，这一型的朋友则恰恰相反，拥有世界上全部的常识，独缺学问。照说低级的人而有趣味，岂非低级趣味，你竟能与他同乐，岂非也有低级趣味之嫌？不过人性是广阔的，谁能保证自己毫无此种不良的成分呢？如果要你做鲁滨孙，你会选第三型还是第二型的朋友做"礼拜五"呢？

第四型，低级而无趣。这种朋友，跟第一型的朋友一样少，或然率相当之低。这种人当然自有一套价值标准，非但不会承认自己低级而无趣，恐怕还自以为又高级有趣呢？然则，余不欲与之同乐矣。

一九七二年五月

娓娓与喋喋

不知道我们这一生究竟要讲多少句话？如果有一种电脑可以统计，像日行万步的人所带的计步器那样，我相信其结果必定是天文数字，其长，可以绕地球几周，其密，可以下大雨几场。情形当然因人而异。有人说话如参禅，能少说就少说，最好是不说，尽在不言之中。有人说话如嘶蝉，并不一定要说什么，只是无意识的口腔运动而已。说话，有时只是掀唇摇舌，有时是为了表情达意，有时，却也是一种艺术。许多人说话只是避免冷场，并不要表达什么思想，因为他们的思想本就不多。至于说话而成艺术，一语而妙天下，那是可遇而不可求：要记入《世说新语》或《约翰生传》才行。哲人桑塔耶纳就说："雄辩滔滔是民主的艺术，清谈娓娓的艺术却属于贵族。"他所指的贵族不是阶级，而是趣味。

最常见的该是两个人的对话。其间的差别当然是大极了。对象若是法官、医师、警察、主考之类，对话不但紧张，有时恐怕还颇危险，乐趣当然是谈不上的。朋友之间无所用心的闲谈，如果两人的识见相当，而又彼此欣赏，那真是最快意的事了。如果双方的识见悬殊，那就好像下棋让子，玩得总是不畅。要紧的是双方的境界能够交接，倒不一定两人都有口才，因为口才宜于应敌，却不宜用来待友。甚至也不必都能健谈：往往一个健谈，一个善听，反而是最理想的配合。可贵的在于共鸣，不，在于默契。真正的知己，就算是脉脉相对，无声也胜似有声：这情景当然也可以包括夫妻和情人。

这世界如果尽是健谈的人，就太可怕了。每一个健谈的人都需要一个善听的朋友，没有灵耳，巧舌拿来做什么呢？英国散文家海斯立德说："交谈之道不但在会说，也在会听。"在公平的原则下，一个人要说得尽兴，必须有另一个人听得入神。如果说话是权利，听话就是义务，而义务应该轮流负担。同时，仔细听人说话，轮到自己说时，才能充分切题。我有一些朋友，迄未养成善听人言的美德，所以跟人交谈，往往像在自言自语。凡是音乐家，一定先能听音辨声，先能收，才能发。仔细听人说话，是表示尊敬与关心。善言，能赢得听众。善听，才赢得朋友。

如果是几个人聚谈，又不同了。有时座中一人侃侃健谈，众人睽睽恭听，那人不是上司、前辈，便是德高望重，自然拥有发言权，甚至插口之权，其他的人就只有斟酒点烟、随声附和的份了。有时见解出众、口舌便捷的人，也能独揽话题，语惊四座。有时座上有二人焉，往往是主人与主客，一来一往，你问我答，你攻我守，左右了全席谈话的大势，也能引人入胜。

最自然也是最有趣的情况，乃是滚雪球式。谈话的主题随缘而转，愈滚愈大，众人兴之所至，七嘴八舌，或轮流坐庄，或旁白助阵，或争先发言，或反复辩难，或怪问乍起而举座愕然，或妙答迅接而哄堂大笑，一切都是天机巧合，甚至重加排练也不能再现原来的生趣。这种滚雪球式，人人都说得尽兴，也都听得入神，没有冷场，也没有冷落了谁，却有一个条件，就是座上尽是老友，也有一个缺点，就是良宵苦短，壁钟无情，谈兴正浓而星斗已稀。日后我们怀念故人，那一景正是最难忘的高潮。

众客之间若是不顶熟稔，雪球就滚不起来。缺乏重心的场面，大家只好就地取材，与邻座不咸不淡地攀谈起来，有时兴起，也会像旧小说那样"捉对儿厮杀"。这时，得凭你的运气了。万一你遇人不淑，邻座远交不便，近攻得手，就守住你一个人恳谈、密谈。更有趣的话题，更壮阔的议论，正在三尺外热烈展开，也许就是今晚最生动的一刻，明知你真是冤枉，错过了许多赏心乐事，却不能不收回耳朵，面对你的不芳之邻，在表情上维持起码的礼貌。其实呢，你恨不得他忽然被鱼刺哽住。这种性好密谈的客人，往往还有一种恶习，就是名副其实地交头接耳，似乎他要郑重交代的，句句都是肺腑之言，恨不得回其天鹅之颈，伸其长蛇之舌，来舔你的鼻子，哎呀，真的是tête-à-tête还不够，必得nose-to-nose才满足。你吓得闭气都来不及了，哪里还听得进什么肺腑之言？此人的肺腑深深深几许，尚不得而知，他的口腔是怎么一回事，早已有各种菜味，酸甜苦辣地向你来告密了。至于口水，更是不问可知，早已泽被四方矣，谁教你进入它的射程呢？

聚谈杂议，幸好不是每次都这么危险。可是现代人的生活节奏毕竟愈来愈快，无所为的闲谈、雅谈、清谈、忘机之谈几乎是不可能了。"偶然值林叟，谈笑无还期。"在一切讲究效率的工业社会，这种闲逸之情简直是一大浪费。刘禹锡但求无丝竹之扰耳，其实丝竹比起现代的流行音乐来，总要清雅得多。现代人坐上计程车、火车、长途汽车，都难逃噪声之害，到朋友家去谈天吧，往往又有孩子在看电视。饭店和咖啡馆而能免于音乐的，也很少见了。现代生活的一大可恼，便是经常横被打断，要跟二三知己促膝畅谈，实在太难。

剩下的一种谈话，便是跟自己了。我不是指出声的自言自语，而是指自我的沉思默想。发现自己内心的真相，需要性格的力量。唯勇者始敢单独面对自己，唯智者才能与自己为伴。一般人的心灵承受不了多少静默，总需要有一点声音来解救。所以卡莱尔说："语言属于时间，静默属于永恒。"可惜这妙念也要言诠。

一九八六年一月

茱萸之谜

茱萸在中国诗中的地位，是十分特殊的。屈原在《离骚》里曾说："椒专佞以慢慆兮，樧又欲充夫佩帏。"显然认为樧是不配盛于香囊佩于君子之身的一种恶草。樧，就是茱萸。千年之后，到了唐人的笔下，茱萸的形象已经大变。王维的"遥知兄弟登高处，遍插茱萸少一人"，杜甫的"明年此会知谁健，醉把茱萸仔细看"，都是吟咏重阳的名句。屈原厌憎的恶草，变成了唐人亲近的美饰，其间的过程，是值得追究一下的。

重九，是中国民俗里很富有诗意的一个节日，诸如登高，落帽，菊花，茱萸等等，都是惯于入诗的形象。登高的传统，一般都认为是本于《续齐谐记》所载的这么一段："汝南桓景随费长房游学累年。长房谓曰：'九月九日，汝家中当有灾。宜急去，令家人各作绛囊，盛茱萸以系臂，登高饮菊花酒，此祸可除。'景如言，齐家登山。夕还，见鸡犬牛羊一时暴死。长房闻之曰：'此可代也。'今世人九日登高饮酒，妇人带茱萸囊，盖始于此。"

重九的吟诗传统，大概是晋宋之间形成的。二谢戏马台登高赋诗，孟嘉落帽，陶潜咏菊，都是那时传下来的雅事。唯独茱萸一事似乎是例外。《续齐谐记》的作者是梁朝人吴均，而桓景和费长房相传是东汉时人。根据《续齐谐记》的说法，登高，饮菊花酒，带茱萸囊，这些习俗到梁时已颇盛行，但其起源则在东汉。可是《西京杂记》中贾佩兰一段，却说汉高祖宫人"九月九日佩茱萸，食蓬饵，饮菊华酒，令人长寿"。此说假如可信，则重九的习俗更应从东汉上推以至于汉初了。但无论我们相信《西京杂记》或是《续齐谐记》，最初佩戴茱萸的，似乎只是女人。不但如此，南北朝的诗中，也绝少出现咏茱萸之作。

到了唐朝，情形便改观了。茱萸不但成为男人的美饰，更为诗人所乐道。当时的女人仍佩此花，但似乎渐以酒姬为主，称为茱萸女，张谔诗中便曾见咏。王维所谓"遍插茱萸"，说明男子佩花之盛。杜甫所谓"醉把茱萸"，可能是指茱萸酒。重九二花，菊与茱萸，菊花当然更出风头，因为它和陶渊明缘结不解，而茱萸，在屈原一斥之后，却没有诗人特别来捧场。虽然如此，茱萸在唐诗里面仍然是很受注意的重阳景物。杜甫全集里，咏重九的十四首诗中便三次提到茱萸。李白的诗句：

　　九日茱萸熟
　　插鬓伤早白

说明此树的红实熟于重九，可以插在鬓边。佩戴茱萸的方式，可谓不一而足，或如赵彦伯所谓"簪挂丹萸蕊"，或如陆景初所谓"萸房插缙绅"。至于李峤的"萸房陈宝席"和杜甫的"缀席茱萸好"，则是陈花于席，而李乂的"捧箧萸香遍"该是分传花房或赤果。储光羲的"九日茱萸飨六军"，恐怕是指茱萸酒，而不是指花。

我想佩缀茱萸之风大盛于唐，大概是宫廷倡导所致。当时每逢重阳佳节，皇帝常常率领一班文臣登高赋诗，同时把一枝枝的茱萸分赠群臣作配饰，算是辟邪消灾，应付桓景的故事。翻开《全唐诗》，多的是《九月九日幸临渭亭登高应制》或者《九月九日登慈恩寺浮图应制》一类的诗题。这一类的诗，无非"菊彩扬尧日，萸香绕舜风""宠极萸房遍，恩深菊酎馀"的颂词，绝少文学价值。一般说来，应制诗常提到此花，反之则少提及，可见宫廷行重九之令，一定备有此花。杜甫五律《九日》末二句"茱萸赐朝士，难得一枝来"，指的正是这件事。到了陆游的诗句"但忆社醅挼菊蕊，敢希朝士赐萸枝"，恐怕只是偷杜甫之句，不是写实了。

只要看唐代"茱萸赐朝士"之盛，便可以想见汉代宫人佩花之说或非虚构。汉高祖时不可能流行桓景的故事，而《西京杂记》中所言重九种种也并无登高之说。原来茱萸辟邪除害，并非纯由传说，乃有医学根据。我们统称为"茱萸"的植物，其实更分为三类：山茱萸属山茱萸科，吴茱萸和食茱萸则属芸香科，功能杀虫消毒，逐寒祛风。李时珍《本草纲目》里说，井边种植此树，叶落井中，人饮其水，得免瘟疫。至于说什么"悬其子于屋，辟鬼魅"，自然是迷信，大概是取其味辛性烈之意，正如西洋人迷信大蒜可以逐魔吧。郭震所谓"辟恶茱萸囊，延年菊花酒"，正是此意。除此之外，吴茱萸还可以"起阳健脾"，山茱萸更能"补肾气，兴阳道，坚阴茎，添精髓，安五脏，通九窍"。不知这些功用和此物大盛于唐有没有关系？据说茱萸之为物，不但花、茎、叶、实均可入药，还可制酒。白居易所谓"浅酌茱萸杯"，恐怕正是这种补酒。

食茱萸的别名，有榝、䕾、越椒等多种。古人以椒、榝、姜为"三香"，到了明朝，榝已罕用，现代人则只用椒与姜，不知茱萸为何物了。但在《礼记》里，三牲即已用茱萸来调味去腥。《吴越春秋》更说："越以甘蜜丸榝报吴赠封之礼"，可见早在屈原之前，茱萸已成国之间相赠的礼品了。然则众人之所贵，何以独独见鄙于屈原呢？可能茱萸味特辛辣，"蜇口惨腹"，不合屈原口味，甚至引起过敏之症，也未可知。曹植诗句："茱萸自有芳，不若桂与兰"，也许正说中了此意。

一九七六年九月

催魂铃

　　一百年前发明电话的那人，什么不好姓，偏偏姓"铃"（Alexander Bell），真是一大巧合。电话之来，总是从颤颤的一串铃声开始，那高调，那频率，那精确而间歇的发作，那一迭连声的催促，凡有耳神经的人，没有谁不悚然惊魂，一跃而起的。最吓人的，该是深夜空宅，万籁齐寂，正自杯弓蛇影之际，忽然电话铃声大作，像恐怖电影里那样。旧小说的所谓"催魂铃"，想来也不过如此了。王维的辋川别墅里，要是装了一架电话，他那些静绝清绝的五言绝句，只怕一句也吟不出了。电话，真是现代生活的催魂铃。电话线的天网恢恢，无远弗届，只要一线袅袅相牵，株连所及，我们不但遭人催魂，更往往催人之魂，彼此相催，殆无已时。古典诗人常爱夸张杜鹃的鸣声与猿啼之类，说得能催人老。于今猿鸟去人日远，倒是格凛凛不绝于耳的电话铃声，把现代人给催老了。

　　古人鱼雁往返，今人铃声相迫。鱼来雁去，一个回合短则旬月，长则经年，那天地似乎广阔许多。"晚来天欲雪，能饮一杯无？"那时如果已有电话，一个电话刘十九就来了，结果我们也就读不到这样的佳句。至于"断无消息石榴红"，那种天长地久的等待，当然更有诗意。据说阿根廷有一位邮差，生就拉丁民族的洒脱不羁，常把一袋袋的邮件倒在海里，多少叮咛与嘱咐，就此付给了鱼虾。后来这家伙自然吃定了官司。我国早有一位殷洪乔，把人家托带的百多封信全投在江中，还祝道："沉者自沉，浮者自浮，殷洪乔不能作致书邮！"

这位逍遥殷公，自己不甘随俗浮沉，却任可怜的函书随波浮沉，结果非但逍遥法外，还上了《世说新语》，成了任诞趣谭。如果他生在现代，就不能这么任他逍遥，因为现代的大城市里，电话机之多，分布之广，就像工业文明派到家家户户去卧底的奸细，催魂的铃声一响，没有人不条件反射地一跃而起，赶快去接，要是不接，它就跟你没了没完，那高亢而密集的声浪，锲而不舍，就像一排排嚣张的惊叹号一样，滔滔向你卷来。我不相信魏晋名士乍闻电话铃声能不心跳。

至少我就不能。我家的电话，像一切深入敌阵患在心腹的奸细，竟装在我家文化中心的书房里，注定我一夕数惊，不，数十惊。四个女儿全长大了，连"最小偏怜"的一个竟也超过了《边城》里翠翠的年龄。每天晚上，热门的电视节目过后，进入书房，面对书桌，正要开始我的文化活动，她们的男友们（？）也纷纷出动了。我用问号，是表示存疑，因为人数太多，讲的又全是广东话，我凭什么分别来者是男友还是天真的男同学呢？总之我一生没有听过这么多陌生男子的声音。电话就在我背后响起，当然由我推椅跳接，问明来由，便扬声传呼，辗转召来"他"要找的那个女儿。铃声算是镇下去了，继之而起的却是人声的哼哼唧唧，喃喃喋喋。被铃声惊碎了的静谧，一片片又拼了拢来，却夹上这么一股昵昵尔汝，不听不行、听又不清的涓涓细流，再也拼不完整。世界上最令人分心的声音，还是人自己的声音，尤其是家人的语声。开会时主席滔滔的报告，演讲时名人侃侃的大言，都可以充耳不闻，别有用心，更勿论公车上渡轮上不相干的人声鼎沸，唯有这家人耳熟的声音，尤其是向着听筒的窃窃私语、叨叨独白，欲盖弥彰，似抑实扬，却又间歇不定，笑嗔无常，最能乱人心意。你当然不会认真听下去，可是家人的声音，无论是音色和音调，太亲切了，不听也自入耳，待要听时，却轮到那头说话了，这头只剩下了唯唯诺诺。有意无意之间，一通电话，你听到的只是零零碎碎、断断续续的"片面之词"，在朦胧的听觉上，有一种半盲的幻觉。

好不容易等到叮咛一声挂回听筒，还我寂静，正待接上断绪，重新投入工作，铃声响处，第二个电话又来了。四个女儿加上一个太太，每人晚上四五个电话，催魂铃声便不绝于耳。像一个现代的殷洪乔，我成了五个女人的接线生。有时也想回对方一句"她不在"，或者干脆把电话挂断，又怕侵犯了人权，何况还是女权，在一对五票的劣势下，怎敢冒天下之大不韪？

绝望之余，不禁悠然怀古，想没有电话的时代，这世界多么单纯，家庭生活又多么安静，至少房门一关，外面的世界就闯不进来了，哪像现代人的家里，肘边永远伏着这么一枚不定时的炸弹。那时候，要通消息，写信便是。比起电话来，书信的好处太多了。首先，写信阅信都安安静静，不像电话那么吵人。其次，书信有耐性和长性，收到时不必即拆即读，以后也可以随时展阅，从容观赏，不像电话那样即呼即应，一问一答，咄咄逼人而来。"星期三有没有空？""那么，星期四行不行？"这种事情必须当机立断，沉吟不得，否则对方会认为你有意推托。相比之下，书信往还，中间有绿衣人或蓝衣人作为缓冲，又有洪乔之误周末之阻等等的借口，可以慢慢考虑，转肘的空间宽得多了。书信之来，及门而止，然后便安详地躺在信箱里等你去取，哪像电话来时，登堂入室，直捣你的心脏，真是迅铃不及掩耳。一日二十四小时，除了更残漏断、英文所谓"小小时辰"之外，谁也抗拒不了那催魂铃武断而坚持的命令，无论你正做着什么，都得立刻放下来，向它"交耳"。周公"一沐三握发，一饭三吐哺"，是为接天下之贤士，我们呢，是为接电话。谁没有从浴室里气急败坏地裸奔出来，一手提裤，一手去抢听筒呢？岂料一听之下，对方满口日文，竟是错了号码。

电话动口，书信动手，其实写信更见君子之风。我觉得还是老派的书信既古典又浪漫，古人"呼儿烹鲤鱼，中有尺素书"的优雅形象不用说了，就连现代通信所见的邮差、邮筒、邮票、邮戳之类，也都有情有韵，动人心目。在高人雅士的手里，书信成了绝佳的作品，进则可以辉照一代文坛，退则可以怡悦二三知己，所以中国人说它是"心声之献酬"，西洋人说它是"最温柔的艺术"。但自电话普及以后，朋友之间要互酬心声，久已勤于动口而懒于动手，眼看这种温柔的艺术已经日渐没落了。其实现代人写的书信，甚至出于名家笔下的，也没有多少够得上"温柔"两字。

也许有人不服，认为现代人虽爱通话，却也未必疏于通信，圣诞新年期间，人满邮局信满邮袋的景象，便是一大例证。其实这景象并不乐观，因为年底的函件十之八九都不是写信，只是在印好的贺节词下签名而已。通信"现代化"之后，岂但过年过节，就连贺人结婚、生辰、生子、慰人入院、出院、丧亲之类的场合，也都有印好的公式卡片任你"填表"。"听说你离婚了，是吗？不要灰心，再接再厉，下一个一定美满！"总有一天会出售这样的慰问明信片的。所谓"最温柔的艺术"，在电话普及、社交卡片泛滥的美国，是注定要没落的了。

甚至连情书，"最温柔的艺术"里原应最温柔的一种，怕也温柔不起来了。梁实秋先生在《雅舍小品》里说："情人们只有在不能喁喁私语时才要写信。情书是一种紧急救济。"他没有料到电话愈来愈发达，情人情急的时候是打电话，不是写情书，即使山长水远，也可以两头相思一线贯通。以前的情人总不免"肠断萧娘一纸书"，若是"玉铛缄札何由达"，就更加可怜了。现代的情人只拨那小小的转盘，不再向尺素之上去娓娓倾诉。麦克鲁恒说得好："消息端从媒介来。"现代情人的口头盟誓，在十孔盘里转来转去，铃声丁零一响，便已消失在虚空里，怎能转出伟大的爱情来呢？电话来得快，消失得也快，不像文字可以永垂后世，向一代代的痴顽去求印证。我想情书的时代是一去不返了，不要提亚伯拉德和哀绿绮思，即使近如徐志摩和郁达夫的多情，恐也难再。

有人会说："电话难道就一无好处吗？至少即发即至，随问随答，比通信快得多啊！遇到急事，一通电话可以立刻解决，何必劳动邮差摇其鹅步，延误时机呢？"这我当然承认，可是我也要问，现代生活的节奏调得这么快，究竟有什么意义呢？你可以用电话去救人，匪徒也可以用电话去害人，大家都快了，快，又有什么意义？

> 客从远方来，遗我一书札；
> 上言长相思，下言久离别。
> 置书怀袖中，三岁字不灭；
> 一心抱区区，惧君不识察。

在节奏舒缓的年代，一切都那么天长地久，耿耿不灭，爱情如此，一纸痴昧的情书，贴身三年，也是如此。在高速紧张的年代，一切都即生即灭，随荣随枯，爱情和友情，一切的区区与耿耿，都被机器吞进又吐出，成了车载斗量的消耗品了。电话和电视的恢恢天网，使五洲七海千城万邑缩小成一个"地球村"，四十亿兆民都迫到你肘边成了近郊。人类愈"进步"，这大千世界便愈加缩小。英国记者魏克说："孟买人口号称六百万，但是你在孟买的街头行走时，好像那六百万人全在你身边。"据说有一天附带电视的电话机也将流行，那真是无所逃于天地之间了。《二〇〇一年：太空放逐记》的作者克拉克曾说："到一九八六年我们就可以跟火星上的朋友通话，可惜时差是三分钟，不能'对答如流'。"我的天，"地球村"还不够，竟要去开发"太阳系村"吗？

野心勃勃的科学家认为，有一天我们甚至可能探访太阳以外的太阳。但人类太空之旅的速限是光速，一位太空人从二十五岁便出发去织女星，长征归来，至少是七十七岁了，即使在途中他能因"冻眠"而不老，世上的亲友只怕也半为鬼了。"空间的代价是时间"，一点也不错。我是一个太空片迷，但我的心情颇为矛盾。从《二〇〇一年》到《第三类接触》，一切太空片都那么美丽、恐怖而又寂寞，令人"念天地之悠悠，独怆然而涕下"。而尤其是寂寞，唉，太寂寞了。人类即使能征服星空，也不过是君临沙漠而已。

长空万古，渺渺星辉，让一切都保持点距离和神秘，可望而不可即，不是更有情吗？留一点余地给神话和迷信吧，何必赶得素娥青女都走投无路，"逼神太甚"呢？宁愿我渺小而宇宙伟大，一切的江河不朽，也不愿进步到无远弗届，把宇宙缩小得不成气象。

对无远弗届的电话与关山阻隔的书信，我的选择也是如此。在英文里，叫朋友打个电话来，是"给我一声铃"。催魂铃吗，不必了。不要给我一声铃，给我一封信吧。

开你的大头会

世界上最无趣的事情莫过于开会了。大好的日子，一大堆人被迫放下手头的急事、要事、趣事，济济一堂，只为听三五个人逞其舌锋，争辩一件议而不决、决而不行、行而不通的事情，真是集体浪费时间的最佳方式。仅仅消磨光阴倒也罢了，更可惜的是平白扫兴，糟蹋了美好的心情。会场虽非战场，却有肃杀之气，进得场来，无论是上智或下愚，君子或小人，都会一改常态，人人脸上戴着面具，肚里怀着鬼胎，对着冗赘的草案、苛细的条文，莫不咬文嚼字，反复推敲，务求措辞严密而周详，滴水不漏，一劳永逸，把一切可钻之隙、可乘之机统统堵绝。

开会的心情所以好不了，正因为会场的气氛只能够印证性恶的哲学。济济多士埋首研讨三小时，只为了防范冥冥之中的一个假想敌，免得他日后利用漏洞，占了大家的，包括你的，便宜。开会，正是民主时代的必要之恶。名义上它标榜尊重他人，其实是在怀疑他人，并且强调服从多数，其实往往受少数人左右，至少是搅局。

除非是终于付诸表决，否则争议之声总不绝于耳。你要闭目养神，或游心物外，或思索比较有趣的问题，并不可能。因为万籁之中人声最令人分心，如果那人声竟是在辩论，甚或指摘，那就更令人不安了。在王尔德的名剧《不可儿戏》里，脾气古怪的巴夫人就说："什么样的辩论我都不喜欢。辩来辩去，总令我觉得很俗气，又往往觉得有道理。"

意志薄弱的你，听谁的说辞都觉得不无道理，尤其是正在侃侃的这位总似乎胜过了上面的一位。于是像一只小甲虫落入了雄辩的蛛网，你放弃了挣扎，一路听了下去。若是舌锋相当，场面火爆而高潮迭起，效果必然提神。可惜讨论往往陷于胶着，或失之琐碎，为了"三分之二以上"或"讲师以上"要不要加一个"含"字，或是垃圾的问题要不要另组一个委员会来讨论，而新的委员该如何产生才具有"充分的代表性"等等，节外生枝，又可以争议半小时。

如此反复斟酌，分发（hair-splitting）细究，一个草案终于通过，简直等于在集体修改作文。可惜成就的只是一篇面无表情更无文采的平庸之作，绝无漏洞，也绝无看头。所以没有人会欣然去看第二遍。也所以这样的会开完之后，你若是幽默家，必然笑不出来，若是英雄，必然气短，若是诗人，必然败兴。

开会的前几天，一片阴影就已压上我的心头，成了生命中不可承受之烦。开会的当天，我赴会的步伐总带一点从容就义。总之，前后那几天我绝对激不起诗的灵感。其实我的诗兴颇旺，并不是那样禁不起惊吓。我曾经在监考的讲台上得句,也曾在越洋的七四七经济客舱里成诗,周围的人群挤得更紧密,靠得也更逼近。不过在陌生的人群里"心远地自偏",尽多美感的距离,而排排坐在会议席上,摩肩接肘,咳唾相闻,尽是多年的同事、同仁,论关系则错综复杂,论语音则闭目可辨,一举一动都令人分心,怎么容得你悠然觅句?叶芝说得好:"与他人争辩,乃有修辞;与自我争辩,乃有诗。"修辞是客套的对话,而诗,是灵魂的独白。会场上流行的既然是修辞,当然就容不得诗。

所以我最佩服的,便是那些喜欢开会、擅于开会的人。他们在会场上总是意气风发,雄辩滔滔,甚至独揽话题,一再举手发言,有时更单挑主席缠斗不休,陷议事于瓶颈,置众人于不顾,像唱针在沟纹里不断反复,转不过去。

而我,出于潜意识的抗拒,常会忘记开会的日期,惹来电话铃一迭连声催逼,有时去了,却忘记带厚重几近电话簿的议案资料。但是开会的烦恼还不止这些。

其一便是抽烟了。不是我自己抽,而是邻座的同事在抽,我只是就近受其熏陶,所以准确一点,该说闻烟,甚至呛烟。一个人对于邻居,往往既感觉亲切又苦于纠缠,十分矛盾。同事也是一种邻居,也由不得你挑选,偏偏开会时就贴在你隔壁,却无壁可隔,而有烟共吞。你一面呛咳,一面痛感"远亲不如近邻"之谬,应该倒过来说"近邻不如远亲"。万一几个近邻同时抽吸起来,你就深陷硝烟火网，呛咳成一个伤兵了。好在近几年来，社会虽然日益沉沦，交通、治安每况愈下，公共场所禁烟却大有进步，总算除了开会一害。

另一件事是喝茶。当然是各喝各的，不受邻居波及。不过会场奉茶，照例不是上品，同时在冷气房中迅趋温吞，更谈不上什么品茗，只成灌茶而已。禁不起工友一遍遍来添壶，就更沦为牛饮了。其后果当然是去"造水"，乐得走动一下。这才发现，原来会场外面也很热闹，讨论的正是场内的事情。

其实场内的枯坐久撑，也不是全然不可排遣的。万物静观，皆成妙趣，观人若能入妙，更饶奇趣。我终于发现，那位主席对自己的袖子有一种，应该是不自觉的，紧张心结，总觉得那袖口妨碍了他，所以每隔十分钟左右，会忍不住突兀地把双臂朝前猛一伸直，使手腕暂解长袖之束。那动作突发突收，敢说同事们都视而不见。我把这独得之秘传授给一位近邻，两人便兴奋地等待，看究竟几分钟之后会再发作一次。那近邻观出了瘾来，精神陡增，以后竟然迫不及待，只等下一次开会快来。

不久我又发现，坐在主席左边的第三位主管也有个怪招。他一定是对自己的领子有什么不满，想必是妨碍了他的自由，所以每隔一阵子，最短时似乎不到十分钟，总情不自禁要突抽颈筋，迅转下巴，来一个"推畸"（twitch）或"推死它"（twist），把衣领调整一下。这独家奇观我就舍不得再与人分享了，也因为那近邻对主席的"推手式"已经兴奋莫名，只怕再加上这"推畸"之扭他负担不了，万一神经质地爆笑起来，就不堪设想了。

当然，遣烦解闷的秘方，不止这两样。例如耳朵跟鼻子人人都有，天天可见，习以为常竟然视而不见了。但在众人危坐开会之际，你若留神一张脸接一张脸巡视过去，就会见其千奇百怪，愈比愈可观，正如对着同一个字凝神注视，竟会有不识的幻觉一样。

会议开到末项的"临时动议"了。这时最为危险，只怕有妄人意犹未尽，会无中生有，活部转败，竟然敢冒天下之大不韪，提出什么新案来。

幸好没有。于是会议到了最好的部分：散会。于是又可以偏安半个月了，直到下一次开会。

一九九七年四月